Klarant Verlag

Da, wo das Emsland endet und Ostriesland beginnt, lebt **Freya Joken**. Passender kann der Wohnort der Autorin nicht liegen: kein weiter Weg zum ostfriesischen Strand und nur einen Katzensprung von Freyas Lieblingsinsel Norderney entfernt. Die Liebe zum Meer, Strand und der Insel wurde bereits in ihrer Kindheit zum Leben erweckt. Früher war Freya mit ihren Eltern oft dort, und noch heute genießt sie die Auszeit auf Norderney, der zweitgrößten ostfriesischen Insel. Dabei wird sie von ihrem Mann begleitet, der jahrelang zur See gefahren ist und die Leidenschaft zum Meer mit ihr teilt. Auf Norderney tobt der Bär, denn es gibt viele tolle Events und Attraktionen. Kein Wunder also, dass Freya Joken bei so viel lustigem Trubel unzählige Ideen für spannende Ostfrieslandkrimis bekommt.

Freya Joken

Norderney Gift

Die Inselpolizisten: 2. Fall

Ostfrieslandkrimi

Klarant Verlag

Klarant Verlag, www.klarant.de – www.ostfrieslandkrimi.de
ISBN: 978-3-96586-999-8
1. Auflage 2024
Umschlagabbildung: Klarant Verlag

Printed in the EU.

1. Kapitel

Was für eine bekloppte Idee! Wieso hatte Fenna Hansen dem Unfug überhaupt zugestimmt? Weil sie unbedingt beweisen wollte, dass sie fitter als ihr Polizeipartner Henning Petersen war.

Natürlich war diese Idee in einer alkoholisierten Situation entstanden. Fenna, Henning und ihre weiteren Kollegen Timo Klein und Ben Frickenschmitt hatten letztens ein gemeinsames freies Wochenende und dies verbrachten sie in einigen Kneipen und Bars, die Norderney zu bieten hatte. Zu späterer Stunde kamen die unmöglichsten Themen auf den Tisch, eins davon: dass Fenna sportlicher war als ihr Vorgesetzter Henning. Sofort wurden Wetten abgeschlossen und Fenna kam aus dieser Nummer nicht wieder heraus.

Deshalb klingelte der Wecker sie heute früh um halb sechs aus dem Bett. Noch schlaftrunken schlüpfte sie in ihre Sportsachen und erschien mit fünf Minuten Verspätung am vereinbarten Treffpunkt. Die Joggingrunde startete an der *Weststrand Bar* und endete am Restaurant *Cornelius*.

»Moin, Fen – du bist zu spät, das kostet dich eine Extra-Runde!«, grinste Henning sie schadenfroh an und bevor sie ihm eine Antwort geben konnte, joggte er bereits hoch motiviert los.

»Was? Ey, warte!«, rief sie ihm nach, doch ihr Kollege lief munter weiter. »So ein Mist!«, fluchte sie und setzte sich in Bewegung. Nachdem sie einen Sprint machen musste, um überhaupt auf seine Höhe zu kommen, brannte ihr bereits die Lunge.

Zu ihrer Überraschung war um kurz nach sechs an der Strandpromenade recht viel los. Tatsächlich war der Hauptanteil der Personen Jogger. Danach folgten die Hundebesitzer. Und nicht zu vergessen die unzähligen Möwen, die rund um die Uhr auf Nahrungssuche waren. Es könnte ja schon jemand mit einem Fischbrötchen oder mit einem Eis an der Promenade unterwegs sein.

Ihr Kollege lief mit einer Leichtigkeit, als hätte er Rollen unter den Füßen. Fenna hatte Schwierigkeiten, mit seinem Tempo mitzuhalten. Nach weiteren fünfzig Metern wurden die Oberschenkel schwer wie Blei und sämtliche Muskeln verkrampften sich. Sie konnte nicht so schnell atmen, wie sie die Luft benötigte, um nicht auf der Stelle tot umzufallen. Es kostete Fenna echte Überwindung, nicht aufzugeben. Aber in ihr kämpfte der Ehrgeiz mit dem Schweinehund. Fenna fiel immer weiter zurück und Seitenstiche gaben ihr den Rest. Sie wurde langsamer, bis sie schließlich nur noch ging und das Gefühl hatte, dass ihre Lunge in Flammen stand. Der Schweinehund hatte mal wieder gewonnen. Verdammt!

Henning drehte sich während des Laufens zu ihr um und winkte. Sein triumphierendes Grinsen konnte sie sogar aus dieser Entfernung sehen. Fenna hob die Hand und rief mit piepsiger Stimme: »Ja! Du hast gewonnen!«

Ihr Kollege lief einfach weiter und verschwand hinter der nächsten Kurve.

Fenna versuchte, sich auf ihre Atmung zu konzentrieren, und nach einigen Minuten hatte sie die Kraft und joggte in einem langsamen Tempo zur *Weststrand Bar*.

Henning dehnte seine Muskeln. »Kommst du auch noch mal?«, zog er sie auf.

Fenna machte eine Grimasse und schluckte gegen die Trockenheit an, die sich in ihrem Hals ausgebreitet hatte. Sie hatte natürlich nichts zu trinken bei sich. »Ich gratuliere! Für einen alten Mann hast du es echt noch drauf!«, zahlte sie es ihm mit gleicher Münze heim.

Henning stemmte die Hände in die Hüften und sah zu ihr herab. »Du junges Früchtchen kannst von dem alten Mann noch eine Menge lernen. Und jetzt sieh zu, dass du dich fertig machst, sonst kommst du auch noch zum Dienst zu spät! Dann wird der *alte Mann* richtig sauer!«

Fenna streckte ihm die Zunge heraus und machte sich auf den Heimweg. Inzwischen tummelten sich weitaus mehr Inselgäste auf den Straßen herum. Um diese Uhrzeit waren die Bäcker heiß begehrt, bei manchen stand die Kundschaft bis auf dem Gehweg. Lieferwagen versorgten die Geschäfte mit neuer und frischer Ware.

Fenna spürte, wie sich ihr Puls normalisierte und sie genoss den Spaziergang zur Maybachstraße, in der sie, dank Hennings Hilfe, eine kleine Dachgeschosswohnung beziehen konnte. Es war sogar ein Balkon vorhanden, von dem sie direkt auf den Friedhof von Norderney schauen konnte. Sie fand den Anblick irgendwie beruhigend, auch wenn viele Menschen den Friedhof mit Trauer und Einsamkeit in Verbindung brachten. Fenna hatte als Kind oft Zeit auf dem Friedhof in Emden verbracht, es lag sicherlich daran, dass ihr Vater als Pastor viele Gemeindemitglieder auf ihren letzten Weg dorthin begleitet hatte. Fen hatte keine Angst vor dem Tod, aber Angst davor, die Menschen, die sie liebte, sterben zu sehen.

Sie erreichte das Haus und eilte die Treppen zur Wohnung hinauf. Ein Blick zur Uhr verriet ihr, dass sie sich sputen musste, sie wollte nicht auch noch zu spät zum Dienst kommen. Eine Niederlage für heute reichte ihr vollkommen aus.

Nach einer schnellen Dusche schlüpfte sie in ihre Uniform und hatte sich gerade ein Müsli zubereitet, als ihr Telefon die Melodie von ABBA-*Mamma Mia* spielte. Ihre Mutter! Fen überlegte, ob sie den Anruf annehmen oder ablehnen sollte. Eine Unterhaltung mit ihrer Mutter, entwickelte sich meistens zu einem absoluten Dauergespräch, und die Zeit hatte sie jetzt überhaupt nicht. Sie schob sich einen Löffel Müsli in den Mund und ihr Gewissen sagte ihr, sie sollte das Gespräch annehmen. Vielleicht war etwas passiert, denn um diese Uhrzeit rief ihre Mutter fast nie an. Fenna drückte den grünen Hörer und brachte ein ersticktes »Ja?« hervor.

»Morgen Fen – wie geht es dir?«, erklang die fröhliche Stimme am anderen Ende.

Sie kaute auf dem Müsli herum. »Hm … alles gut. Ist was passiert?«

»Wieso muss immer was passiert sein, wenn ich dich anrufe. – Nein, alles in bester Ordnung«, antwortete sie.

»Du, ich habe gar keine Zeit, ich muss jetzt zum Dienst. Ich rufe dich nachher zurück, ja?«

»Ja, ich wollte dir nur sagen, dass ich …«, begann Frau Hansen, doch ihre Tochter war so dreist und fiel ihr ins Wort. »Echt Mama, ich muss los – hab dich lieb, bis später!« Und dann drückte sie den roten Hörer. Fenna starrte einige Sekunden auf das Display, ob ihre Mutter einen erneuten Versuch wagte, aber das Telefon blieb still und sie aß fix ihr Müsli auf.

Zwanzig Minuten später erreichte Fenna die Polizeiwache und hatte gerade einen Fuß durch die Tür gesetzt, als ihr augenblicklich die Kinnlade hinunterfiel. »Mama? Was zum Teufel machst du denn hier?!«

Lena Hansen stand am Empfangstresen und unterhielt sich angeregt mit Fennas Kollegen Hartmut Fischer, der von allen nur Hoschi genannt wurde. »Na, na, sollst du etwa fluchen? Ich wollte es dir vorhin am Telefon sagen, aber du hast mich einfach weggedrückt.«

Fenna blieb vor ihr stehen und konnte noch immer nicht glauben, dass ihre Mutter sie auf Norderney besuchte. Und das unangekündigt. »Das beantwortet nicht meine Frage. Also: Was machst du hier? Und weiß Papa, dass du hier bist?« Aus dem Augenwinkel heraus konnte die Kommissarin sehen, dass Hoschi ein breites Grinsen im Gesicht hatte und keine Anstalten machte, um den beiden ihre Privatsphäre zu geben. Im Gegenteil, er stützte sich auf dem Tresen ab und blickte die Frauen interessiert an. Fehlte nur noch das Popcorn.

Lena Hansen winkte die Fragen ihrer Tochter mit einer laschen Handbewegung fort. »Papa ist doch die ganze Woche mit seinen Schäfchen auf Konfirmandenfahrt nach Emlichheim gefahren. Und da dachte ich mir, da du schon einige Zeit hier auf der Insel bist und ich dich noch gar nicht besucht habe, nutze ich die Gelegenheit.» Ihr Gesichtsausdruck verfinsterte sich plötzlich und ihr Tonfall war eine Mischung aus Wut und Besorgnis. »Was musste ich gerade von deinem Kollegen Hoschi erfahren? Du wurdest von einem Taschendieb mit einem Messer verletzt? Wieso hast du mir das nicht gesagt?«

Fenna schaute den Polizisten aus schmalen Augen an. »Weil es nur eine kleine Schnittwunde war. Nicht der Rede wert.«

»Aber sie musste genäht werden. Ich habe Ihre Tochter eigenhändig ins Krankenhaus gebracht«, rühmte Hoschi sich mit seiner Tat.

Die Beamtin verschränkte die Arme vor der Brust. »Was hat mein lieber Kollege dir denn noch für Horrorgeschichten erzählt?« Sie kniff die Lippen zusammen und fixierte ihn weiterhin mit einem bitterbösen Blick, während die Frage an ihre Mutter gerichtet war.

Die Gesichtszüge von Frau Hansen lockerten sich und sie kicherte. »Das du tagelang dein Käsebrötchen in der Schublade vergessen hast und die ganze Polizeistation erbärmlich stank. Dank Hoschi und der Hundedame Bärbel wurde es gefunden.« Sie zwinkerte dem Kommissar zu. »Ich hatte dir zu Hause noch gesagt: Nimm die Tupperdosen mit – aber nein!«

»Wir können gerne eine Runde zusammen mit Bärbel am Strand spazieren gehen«, warf ihr Kollege freundlich ein.

»Hey! Meine Mutter ist verheiratet!«, entgegnete Fenna erbost und schüttelte fassungslos den Kopf und fügte stolz hinzu: »Und ich habe inzwischen Frischhalteboxen, so!«

Lena rollte mit den Augen und seufzte. »Ach, Kindchen … ich darf doch wohl mit einem Kommissar und einem Hund am Strand spazieren gehen, oder willst du mich deswegen verhaften?«

Fennas Puls schlug im Moment schneller, als bei dem kläglichen Versuch, Henning Petersen beim Joggen zu schlagen. »Du sollst nicht Ehebrechen!»

Ihre Mutter hob tadelnd den rechten Zeigefinger. »Und du sollst nicht lügen!«

»Wo … äh … wann habe ich dich denn belogen?«, fragte sie bissig.

»Dass du vor einiger Zeit schwer verletzt wurdest!«, warf sie ihrer Tochter mit sanfter Stimme vor. Ihre Mutter blieb stets sachlich und ruhig, da war Fenna ganz anders gepolt. Das feurige Temperament hatte sie eindeutig von ihrer Großmutter Trude, väterlicherseits, geerbt.

»Da habe ich dich nicht angelogen, ich habe es dir einfach nur nicht erzählt«, stellte Fenna ihre Situation klar.

Frau Hansen wand sich an Hoschi und fragte ihn: »Das ist doch wie lügen, oder? Was meinen Sie als qualifizierter Polizist dazu?«

Jetzt hob Fenna den rechten Zeigefinger. »Hoschi! Ich warne dich, sage jetzt nichts Falsches!«

Ihr Kollege wiegte den Kopf unsicher hin und her und brummte vor sich hin. »Na ja, Fen – sie ist deine Mutter und als Mutter macht man sich halt Sorgen.«

Fenna wollte gerade einen passenden Spruch loswerden, als Henning hinter Hoschi auftauchte und zu strahlen begann. »Moin, Lena – wir haben uns ja lange nicht mehr gesehen. Wie geht es dir?«

»Ah, Henning … freut mich, dich zu sehen. Mir geht es gut – und dir? Ich hoffe, du hast es noch nicht bereut, dass du meinen Wildfang zu euch auf diese schöne Insel geholt hast?« Die beiden gaben sich die Hand.

Fenna kämpfte gegen einen Nervenzusammenbruch an und senkte den Kopf, um nicht auszurasten.

»Möchtest du einen Kaffee, Lena? Dann kann ich dir von unserem ersten Mordfall erzählen«, bot ihr Henning freundlich an.

»Mordfall? Herrje … Fenna! Ich muss wirklich ein ernstes Wörtchen mit dir reden, mein Fräulein!« Die Worte klangen besorgt, aber ein neugieriger Glanz schimmerte in ihren blauen Augen.

»Keine Angst, deine Tochter hat sich fabelhaft verhalten und den Fall gelöst. Du kannst stolz auf Fen sein.« Henning bat Lena hinter den Tresen und zwinkerte seiner Kollegin zu.

Lena Hansen drehte sich zu ihrer Tochter. »Das bin ich. Und das Angebot zum Kaffee nehme ich gerne ein anderes Mal an. Ich möchte erst in meine Pension und auspacken.«

Henning stimmte ihr durch ein Nicken zu und sagte: »Natürlich – du weißt ja, wo du uns findest. Dann wünsche ich dir einen angenehmen Aufenthalt auf Norderney.«

»Danke, den werde ich haben. Ich war noch nie hier – traurig, oder? Da wohne ich in Emden und habe es nie auf diese schöne Insel geschafft.«

»Darf ich Sie zu Ihrer Pension fahren, Frau Hansen?«, bot Hoschi seine Hilfe an und war innerhalb von einer Sekunde hinter dem Tresen hervorgeeilt und stand vor Fennas Mutter.

»Sehr gern. – Fen, wir telefonieren, ja? Und pass auf dich auf.» Sie tätschelte sanft die Wange ihrer Tochter und verließ in Begleitung des Beamten die Polizeistation.

Fenna stand da und starrte den beiden kopfschüttelnd hinterher. Sie hätte ihrer Mutter so vieles sagen wollen, doch die Worte wollten ihr nicht über die Lippen kommen. War sicherlich auch besser so. Also kam stattdessen ein langer und lauter Seufzer aus ihrem tiefsten Inneren.

»Na komm, du siehst so aus, als könntest du jetzt einen Kaffee gebrauchen.« Henning entschwand in die Küche und kam mit zwei Bechern zurück. »Wusstest du nicht, dass deine Mutter dich besuchen will?«

Fenna umschloss den Pott und nahm einige Schlucke, bevor sie ihm Antwort gab. »Nee, meine Mutter ist immer spontan. Sie hat mich heute Morgen angerufen und wollte es mir wohl mitteilen, aber ich habe sie einfach weggedrückt, weil ich zum Dienst musste.«

Ihr Kollege warf ihr einen fragenden Blick über den Rand der Kaffeetasse zu. »Ist es denn ein Weltuntergang, dass sie jetzt hier ist?«

Fenna schüttelte den Kopf und setzte die Tasse vor sich ab. »Nein, aber – ach, ich weiß auch nicht. Sie findet es noch immer nicht gut, dass ich mich zur Polizistin hab ausbilden lassen. Und jetzt hat Hoschi ihr auch noch die Messergeschichte unter die Nase gerieben, nun macht sie sich bestimmt noch mehr Sorgen und nervt mich.«

»Ich gehe mal stark davon aus, dass du von deiner Mutter die Tage nichts mitbekommen wirst, da unser Kollege sich um sie kümmern wird.« Es folgte ein spitzbübisches Grinsen.

Die Kommissarin hingegen zog eine Grimasse, als hätte sie in eine Zitrone gebissen. »Das befürchte ich auch. Ich kenne doch Hoschi – der soll meine Mutter bloß nicht vom rechten Weg abbringen.«

»Amen«, sagte Henning trocken, worauf beide lachen mussten.

2. Kapitel

Nach einer weiteren Tasse Kaffee und dem langweiligen Erledigen von Bürokram, der zur Polizeiarbeit dazugehörte, wurden die beiden zu einem Ladendiebstahl gerufen. Das Geschäft hieß *Goldener Seestern* und gehörte zu den teuersten Feinkostläden, die es auf der Insel gab. Fenna war bei einem ihrer Stadtbummel an dem Laden vorbeigekommen und hatte sich getraut hineinzugehen, aber auch nur, weil eh viel los war. Somit fiel es nicht auf, dass sie sich lediglich die Ware und die Preise angeschaut hatte. Die bei der Kommissarin glatt Schnappatmung verursacht hatten. Ein kleines Glas mit Leberwurst kostete schlappe fünfundsechzig Euro! Es gab Champagner, in dem Blattgoldschnipsel enthalten waren, den es für lächerliche vierhundertfünfzig Euro die Flasche gab. Echter Beluga Kaviar für zweihundertfünfzig Euro, Pralinen für fünfunddreißig Euro und Manuka Honig, das Glas für dreihundertzwanzig Euro, aber – original aus Neuseeland!

Dass in diesem teuren Schuppen geklaut wurde, wunderte Fenna nicht gerade – wer wollte solch immense Summen denn schon freiwillig bezahlen? Nun, wie sie beim Betreten des Geschäftes feststellen musste, gab es anscheinend recht viele wohlhabende Menschen, die hier ihren Urlaub verbrachten und auf Luxus nicht verzichten wollten. »Die haben alle zu viel Geld«, sagte Fenna leise zu ihrem Kollegen. Und: Die Kunden guckten nicht nur, sondern kauften rcichlich von dem immens teuren Zeugs.

»Ah, da sind Sie ja!« Eine dunkelhaarige Frau, in einem rosafarbenen Kostüm, trat den Polizisten freundlich entgegen. »Mein Name ist Judith Schäfer, ich bin die Mitinhaberin des Geschäftes und habe bei Ihnen angerufen.«

»Moin! Henning Petersen und das ist meine Kollegin Fenna Hansen. Wo ist die Person?«

Frau Schäfer ging voran. »Hinten im Büro, mein Mann ist bei der jungen Dame.«

Die Beamten folgten ihr und wurden in einen der hinteren Räume geführt. Fenna stutzte, als sie ein kleines Mädchen weinend auf einem Sofa sitzen sah. Als sie die Polizisten wahrnahm, war ihr der Schrecken regelrecht ins Gesicht geschrieben. Fenna kniete sich umgehend zu ihr, damit sie auf Augenhöhe war und lächelte. »Moin, na, wer bist du denn? Ich heiße Fenna, aber Freunde dürfen Fen zu mir sagen.«

Das Mädchen schniefte und wischte sich die Tränen mit dem Handrücken fort. »Ich heiße Anna Sophie Wagner. Du hast aber einen komischen Namen.«

»Der Name steht für Freundschaft, Schutz und Frieden. In Finnland bedeutet er Mädchen«, erklärte die Polizistin. Den Namen hatte ihre Oma Trude für sie ausgesucht, die ebenfalls mit einem evangelischen Pastor verheiratet war – Opa Ludwig. Die beiden lebten seit vielen Jahrzehnten in Mecklenburg-Vorpommern. Eigentlich stammten sie aus Emden, doch ihr Opa konnte kurz nach der Wende eine neue Gemeinde übernehmen. Fennas Papa Johannes kehrte zur alten Heimat zurück, nachdem er in Emden ihre Mutter Lena auf einem Kirchenfest kennengelernt hatte.

»Ich weiß nicht, wofür mein Name steht – aber Mama sagt, ich habe den schönsten Namen auf der ganzen Welt«, brachte die kleine Maus selbstbewusst hervor und ihre Tränen gehörten der Vergangenheit an.

»Anna Sophie ist wirklich der schönste Name auf der Welt.« Fenna zwinkerte ihr zu und wand sich an Frau und Herrn Schäfer. »Was hat Anna Sophie denn gestohlen?«

Frau Schäfer hielt eine kleine Schachtel in der Hand, in der sich Pralinen befanden. »Das hier. Champagner Pralinen mit Blattgold. Die haben einen Preis von fünfunddreißig Euro.«

Die Kommissarin stieß einen Pfiff aus. »Na, du hast aber einen exquisiten Geschmack, kleines Fräulein.«

»Die sind nicht für mich, sondern für meine Eltern«, entgegnete das Mädchen.

»Die wir übrigens informiert haben. Die Kleine hat ein eigenes Smartphone, in der die Nummer eingespeichert ist«, teilte Herr Schäfer den Polizisten mit.

Fenna wollte von ihr wissen: »Du weißt schon, dass du die Ware nicht einfach so mitnehmen kannst, oder?«

Anna Sophie spielte verlegen mit ihren Händen und vermied es, die Polizistin anzusehen, als sie ihr antwortete. »Ja, ich weiß. Ich wollte Mama und Papa unbedingt was zum Hochzeitstag schenken … aber ich habe für diesen Monat noch kein Taschengeld bekommen.«

Die vier Erwachsenen tauschten amüsierte Blicke aus und mussten sich ein Lachen verkneifen. Fenna sagte: »Na, das ist wirklich doof.«

In der nächsten Sekunde klopfte es und eine Verkäuferin führte die Eltern ins Büro. Anna Sophie sprang auf und fiel ihrer Mutter in die Arme. »Ach, Mäuschen, was machst du denn für Sachen?«

»Wir sind die Eltern von Anna Sophie, Jennifer und Ralf Wagner. Entschuldigen Sie bitte die Unannehmlichkeiten.« Er reichte jedem die Hand. »Was hat sie denn gestohlen?«

Henning deutete auf die Schachtel, die auf dem Schreibtisch lag. »Sie wollte Ihnen diese Pralinen zum Hochzeitstag schenken.«

Die Mutter drückte ihre Tochter fest an sich und strich über ihr blondes Haar. »Du bist ja verrückt, Anna Sophie – du brauchst uns doch nichts zum Hochzeitstag zu schenken.«

»Ist heute der Tag?«, wollte die Polizistin erfahren.

Herr Wagner schüttelte lachend den Kopf. »Nein, morgen, deshalb sind wir auch hier. Meine Frau und ich haben uns auf Norderney kennengelernt und verbringen jedes Jahr den Tag auf der Insel.«

»Möchten Sie Anzeige erstatten, Herr Schäfer?«, richtete der Kommissar die Frage an die Inhaber des Geschäftes.

Herr Schäfer seufzte und kratzte sich die gekräuselte Stirn. »Nun ja, Diebstahl ist Diebstahl, aber da die junge Dame noch nicht ihr Taschengeld für diesen Monat bekommen hat, drücke ich ein Auge zu.«

»Ich bezahle Ihnen natürlich die Pralinen … und entschuldige mich aufrichtig bei Ihnen.« Herr Wagner war sichtlich verlegen und zückte seine Geldbörse.

Frau Schäfer schnappte sich die Schachtel und reichte sie ihm. »Nein, schon gut.«

»Oh nein, nein … das können wir nicht annehmen, immerhin hat unsere Tochter die Pralinen gestohlen«, lehnte Herr Wagner das freundliche Geschenk rigoros ab. »Sie soll nicht noch für diese Tat belohnt werden.«

Frau Wagner löste sich von Anna Sophie. »Mein Mann hat recht, Sie können uns nicht beschenken, wir werden die Pralinen selbstverständlich bezahlen.«

Doch die Inhaberin ließ sich nicht davon abbringen, nahm zum Glück noch das Preisschild ab und drückte Frau Wagner die Packung in die Hand. »Alles Gute zum Hochzeitstag!«

Anna Sophie entschuldigte sich in aller Form und schwor, dass sie nie wieder etwas stehlen würde. Und dann fügte sie zum Schluss noch hinzu: »Sie sind aber auch ganz schön teuer!«

Tja, Kindermund tut Wahrheit kund.

Nachdem dieser Fall erledigt war, verließen die Polizisten das Geschäft und nutzten die Gelegenheit und marschierten noch eine Zeit lang, durch die gut besuchten Einkaufsstraßen Norderneys.

»Das darf doch wohl nicht wahr sein!«, fluchte Fenna aus heiterem Himmel. Ihre Mutter saß mit Hoschi gemeinsam unter einem großen roten Sonnenschirm, der zu einer Eisdiele gehörte. Beide lachten und ihre Mutter wirkte wie ein frisch verliebter Teenager!

Henning folgte ihrem Blick und grinste. »Deine Mutter hat Urlaub – vergiss das nicht.«

Fenna zog argwöhnisch eine Braue hoch. »Sieht das etwa nach Urlaub aus?« Die Kommissarin marschierte schnurstracks auf die beiden zu. »Und? Wie ist deine Pension?«, fragte sie mit strenger Stimme. Die Begrüßung ließ sie gleich weg.

»Fen! Henning! Setzt euch doch und trinkt einen Kaffee mit uns. – Die Pension ist toll, so schön gemütlich«, schwärmte ihre Mutter und deutete auf die zwei freien Stühle bei sich am Tisch.

»Danke, ich habe den Kaffee schon auf!«, brachte Fenna durch zusammengebissene Zähne hervor.

Ihre Mutter blieb, wie immer, gelassen und redete einfach weiter. »Hoschi und ich gehen heute Abend zu der Aufführung der *Flotten Krabben*.«

»*Flotten Krabben*?«, wiederholte Fenna mit einer hochgezogenen Braue.

Hoschi klärte seine Kollegin auf. »Das ist eine Männergruppe von Norderney, die jedes Jahr ein neues Bühnenprogramm präsentiert. Es ist eine Mischung aus Gesang, Theater und Comedy. – Lohnt sich, vor allem für die Lachmuskeln. Ich kenne einen Darsteller der Gruppe, Otto Kretschmer, er ist der Kumpel eines ehemaligen Kollegen von mir.«

Die Kommissarin versuchte zu lächeln, was ihr aber sichtlich missglückte und Lena Hansen das Wort ergriff: »Kommt doch beide mit! Es gibt bestimmt noch Karten, oder?«

Der Polizist fackelte nicht lang, holte sein Smartphone hervor und tippte darauf herum. »Sicher. Ich kenne Renate vom Ticketverkauf.«

»Danke, ohne …« Henning wollte gerade ablehnen, als Fenna ihm sachte gegen den Schuh trat, worauf er sie aus großen Augen ansah.

»Klar, wir kommen gerne mit«, antwortete die Kommissarin flink, bevor ihr Kollege seinen Satz beenden konnte. »Spiel bitte mit«, flüsterte sie ihm zu, worauf Henning lediglich nickte.

Zwei Minuten später teilte Hoschi ihnen mit, dass er noch zwei Karten ergattern konnte. »Es geht um neunzehn Uhr dreißig im Inseltheater, im *Großen Saal*, los. Wir treffen uns um neunzehn Uhr, dann können wir vorher noch einen Sekt trinken.«

»Super!«, rief die Kommissarin übermütig und grinste durch die Runde. »Wir müssen auch weiter, tschüss!« Sie zerrte Henning mit sich. Als sie einige Meter von den beiden entfernt waren, blieb er abrupt stehen. »Was sollte das denn gerade? Spielst du Kindermädchen bei deiner Mutter?«

Seine Kollegin tat überrascht. »Was? Unsinn – ich, also … wollte diese Krabben schon immer mal sehen.«

Henning blickte sie skeptisch an. »Ja, nee is klar. Bis Hoschi dich über die Theatergruppe aufgeklärt hat, hast du noch nie zuvor von denen gehört. Gib es doch zu, Fen, du willst die beiden beaufsichtigen.«

»Die beiden duzen sich schon! Hast du verstanden? Die beiden *duzen* sich schon!« Sie schüttelte fassungslos den Kopf.

Er verstand die Aufregung nicht und zuckte gleichgültig mit den Schultern. »Na und? Ich duze deine Mutter auch.«

Ihre Antwort war ein Brummen und sie lief einfach weiter, in Richtung Parkplatz, auf dem das Einsatzfahrzeug stand. Henning folgte ihr kopfschüttelnd und als er neben ihr im Wagen saß, sagte er: »Na, das wird ja ein richtig lustiger Abend werden.«

Fenna und Henning verbrachten die Zeit bis zum Feierabend damit, dass sie zu einem weiteren Ladendiebstahl gerufen wurden. Diesmal hatten einige Jugendliche in einem Supermarkt mehrere Flaschen Hochprozentiges eingesteckt. Und der Grund war definitiv kein Hochzeitstag.

Um achtzehn Uhr verabschiedeten die Beamten sich von ihren Kollegen.

»Wehe, du kommst nicht!«, ermahnte Fenna Henning.

»Den Spaß lasse ich mir doch nicht entgehen – das kostet dich übrigens was!«, rief er ihr zu, hob die Hand und lief weiter.

»Geht klar!«

Auf dem Nachhauseweg fiel Fenna ein, dass Hoschi den Rest des Tages nicht mehr auf der Wache aufgetaucht war. Seit er vor einem Jahr einen Schlaganfall erlitten hatte, trat er kürzer im Job und musste nicht mehr die kompletten Schichten arbeiten. Ob er den ganzen Tag mit ihrer Mutter verbracht hatte?

3. Kapitel

Fenna betrachtete ihr Spiegelbild und war mit dem Ergebnis zufrieden. Sie trug ein schlichtes schwarzes Sommerkleid. Zur Auflockerung hatte sie sich einen silbernen Kettengürtel um die Taille gelegt. Ihre langen Haare waren zu einer Hochfrisur gesteckt und sie hatte ein dezentes Make-up aufgetragen. Schwarze Keilsandalen rundeten den Look ab. In einer roten Umhängetasche hatte sie Lippenstift, Taschentücher, Hausschlüssel, ein kleines Portemonnaie und ihr Smartphone untergebracht. Fenna holte tief Luft. Es war Zeit, sich auf den Weg zu machen, vor ihrer Mutter wollte sie sich nicht verspäten. Das würde Henning ihr ewig unter die Nase reiben.

In unmittelbarer Nähe zum Rosengarten lag das Inseltheater, das bereits 1840 errichtet und vor 1860 erweitert wurde. Im Jahre 1867 erfolgte der Bau der markanten Rundbogenarkaden zum Kurplatz hin. In der zentralen großen Halle befand sich die Touristeninformation, die Zimmerverwaltung, der Veranstaltungsvorverkauf sowie eine Bibliothek. Fenna hatte bei ihren Recherchen im Internet gelesen, dass es sogar ein Kaminzimmer gab, das für Besucher als Lesezimmer genutzt werden konnte. Zwei Säle waren vorhanden, einmal der *Große Saal*, in dem die heutige Aufführung stattfand, und der *Kleine Saal*. Zu ihrer eigenen Schande musste Fenna sich eingestehen, dass sie es bis zum heutigen Tag nicht geschafft hatte, einen Blick in das Gebäude zu werfen. Je näher sie dem Inseltheater kam, umso mehr Trubel herrschte auf den Straßen. Die Gegend um den Rosengarten galt als zentraler Mittelpunkt der Insel. Von hier aus gelangte der Inselgast schnell in die Einkaufsstraßen und der Strand lag nur einen Katzensprung entfernt.

Hinzu kam, dass um diese Uhrzeit die meisten Inselgäste unterwegs waren, um einen Platz in einem der unzähligen Restaurants und Bars, die Norderney zu bieten hatte, zu ergattern. Fenna hatte sich bei ihrer Ankunft auf der Insel geschworen, alle Restaurants zu besuchen, und wollte heute damit beginnen. Laut Internet dauerte die Aufführung der *Flotten Krabben* nur 60 Minuten und handelte von einer Männergruppe, die auf Norderney ein Wochenende verbrachte. Auf lustige Art und Weise sollten die Erlebnisse der Männer durch Gesangseinlagen und Witze auf der Bühne umgesetzt werden.

Danach war genug Zeit, um noch eine Kleinigkeit zu sich zu nehmen, und sie hoffte, dass alle mitkamen.

Fenna erreichte den Eingangsbereich des Inseltheaters und hielt nach den drei Personen Ausschau. Sie entdeckte Henning, der sich mit ihrer Mutter unterhielt. »Moin, zusammen!«, begrüßte sie die beiden und stellte fest, dass ihr Kollege schick gekleidet war. Er trug eine schwarze elegante Stoffhose und ein schwarzes Hemd. »Wow, du hast dich ja sogar in Schale geworfen!«, lobte sie ihn aufrichtig.

Bevor er ihr antworten konnte, ergriff Lena Hansen das Wort. »Ja, oder? Hast du inzwischen eine Freundin, Henning? Fen sagte mir, du warst mal verlobt.«

Sofort schnellte der Blick von Henning zu Fenna. Er wirkte im ersten Moment sichtlich überrascht und so klangen auch seine Worte: »Ach, hat sie das?«

»Mama, das hast du verwechselt. Ich sagte dir, *Hannes* war verlobt, *nicht* Henning!« Sie schüttelte den Kopf und rollte mit den Augen, um damit zum Ausdruck zu bringen, dass ihre Mutter die Personen verwechselt hatte. Hoffentlich schluckte er ihre faule Ausrede.

Leider spielte ihre Mutter nicht mit. »Welcher Hannes? Ich kenne keinen Hannes.«

»Ah! Da kommt Hoschi ja!«, rief Fenna und hatte Glück, nicht näher auf die Verlobungssache einzugehen. Offiziell wusste sie nichts von Hennings aufgelöster Verlobung, das hatte sie lediglich von einem ihrer ehemaligen Kollegen aus Emden erfahren. Fenna hatte Henning noch nicht darauf angesprochen, aber nach diesem Fauxpas kam sie sicherlich nicht mehr drum herum. Das ihre Mutter auch nie den Mund halten konnte.

»Moin, zusammen!«, rief Hoschi in die Runde und machte ein betroffenes Gesicht.

»Ist was passiert?«, erkundigte Lena Hansen sich.

»Ich war gerade noch hinter der Bühne und wollte Otto Kretschmer viel Glück wünschen, aber er sah überhaupt nicht gut aus. Scheint wohl, dass ihn die Sommergrippe erwischt hat«, berichtete Hoschi.

»Oh. Und jetzt? Tritt er denn auf?«, fragte Lena. »Oder kann ein anderer seine Rolle übernehmen?«

»Er sagt, er schafft die eine Stunde – na kommt, wir wollen doch einen Sekt trinken.« Hoschi lief voran und die anderen folgten ihm.

Im Foyer waren einige Getränkestände aufgebaut und die beiden Männer machten sich auf den Weg und holten Sekt.

Fenna ließ ihren Blick durch die Menge schweifen und sah, wie Doktor Sven Perick in Begleitung einer älteren Frau, den Eingangsbereich betrat. Sofort erhöhte sich ihr Puls und sie spürte, wie die daraus entstandene Wärme, in ihre Wangen stieg. Sie hatte den Arzt das letzte Mal gesehen, als er ihr die Fäden gezogen hatte. Die Schnittwunde in ihrem Oberschenkel hatte sie sich bei der Verfolgung eines Taschendiebes zugezogen. Der Täter hatte plötzlich ein Messer in der Hand gehabt und sie damit erwischt. Die Wunde musste genäht werden.

Sven Perick entdeckte die Kommissarin und steuerte schnurstracks auf sie zu. »Hallo Fenna, lange nicht gesehen. Wie geht es dir?«

»Hallo Sven, danke gut.« Da sie bereits die neugierigen Blicke ihrer Mutter auf sich spürte, stellte sie die beiden aneinander vor, bevor ein Schwall peinlicher Fragen auf den Doktor niederging. Fenna wusste nicht, was Hoschi ihrer Mutter sonst noch alles aus dem Nähkästchen erzählt hatte. »Sven, das ist meine Mutter, Mama, das ist Doktor Sven Perick.«

»Ah, Frau Hansen, angenehm. Besuchen Sie das erste Mal Ihre Tochter?« Er reichte ihr die Hand. »Das ist übrigens Frau Doktor Albrecht von der Ärztekammer aus Norden. Sie schaut bei uns im Krankenhaus nach dem Rechten«, stellte er die Dame an seiner Seite vor. Frau Doktor Albrecht war Anfang sechzig, hatte kurze graue Haare und trug eine silberne Brille. Sie reichte jedem die Hand. »Guten Abend, freut mich Sie kennenzulernen. Schauen Sie sich auch die Aufführung der *Flotten Krabben* an?«

»Ja, und ich bin sehr gespannt, was uns erwarten wird«, antwortete Fenna. Zuerst war sie nur dem Wunsch ihrer Mutter gefolgt, aber inzwischen freute sie sich auf diesen Abend. Fenna war, seitdem sie hier auf Norderney im Polizeidienst tätig war, noch nicht allzu oft unter die Leute gekommen. Es lag an den verschiedenen Einsatzschichten, die sie absolvieren musste.

»Ah, dann sind Sie der Arzt, der meine Tochter wegen der Stichverletzung behandelt hat«, haute Lena Hansen heraus. Fenna schluckte, während Sven ein sanftes Lächeln im Gesicht hatte. »Genau, es war aber zum Glück nur eine kleine Schnittwunde.«

Passend erschienen Hoschi und Henning mit dem Sekt.

»Ah, moin, Doktor Perick, willst du dir auch das Stück der *Flotten Krabben* ansehen?«, erkundigte Hoschi sich und reichte Lena Hansen ein Glas Sekt.

»Ja, und wir werden dann schon mal reingehen. Wir wünschen euch viel Spaß! Schönen Abend!«, verabschiedeten Sven Perick und Frau Doktor Albrecht sich.

Fenna entriss Henning förmlich das Glas Sekt aus der Hand und trank mehrere Schlucke. Wie lange wollte ihre Mutter eigentlich auf der Insel bleiben? So viel Alkohol konnte sie gar nicht zu sich nehmen. Und sie musste ein ernstes Wörtchen mit ihrem Kollegen Hoschi wechseln. Er sollte aufhören, ihrer Mutter alles unter die Nase zu reiben, was sie in der kurzen Zeit hier erlebt hatte.

»Na, da hat aber jemand Durst!« Hoschi lachte und prostete allen zu. »Auf einen schönen Abend, die Damen!«

Fenna grinste verlegen durch die Runde und umklammerte das halb leere Sektglas.

»Wollen wir dann?«, fragte Henning und die Gruppe machte sich auf den Weg zum *Großen Saal*. Hoschi hatte in der dritten Reihe, direkt vor der Bühne die Plätze reserviert. Er saß neben Lena Hansen, gefolgt von Fenna, und Henning bildetet das Schlusslicht der Sitzordnung. In dem Saal herrschte lautes Stimmengewirr und Musik dudelte im Hintergrund. Der rote schwere Samtvorhang war noch zugezogen und alle Strahler, die sich in dem Saal befanden, leuchteten hell.

Fenna stellte das leere Sektglas vor sich auf den Boden und bereute es, so schnell getrunken zu haben. Ihr war leicht schwindelig. Henning studierte das Programmheft und ihre Mutter unterhielt sich mit Hoschi über das Inseltheater.

»Du, Henning«, begann Fenna und wollte sich für die Verlobungsgeschichte entschuldigen, als das Licht gedimmt wurde und sich der Vorhang langsam öffnete.

»Ja?« Ihr Kollege sah sie fragend an.

»Erzähle ich dir später.« Sie richtete ihren Blick zur Bühne, auf der vier Männer zu sehen waren. Sofort setzte der Applaus ein und nachdem es wieder ruhig wurde, begann das Stück.

Fenna hatte schon lange nicht mehr so viel gelacht, wie in dieser einen Stunde. Und auch ihre Mutter wirkte fröhlich und gelassen.

Otto Kretschmer, dem es angeblich gesundheitlich nicht so gut ging, absolvierte seine Rolle mit Bravour. Nachdem die vier Herren sich mehrfach verbeugen mussten und sich beim Publikum bedankt hatten, fiel der rote Samtvorhang und die Strahler erhellten den Saal.

Sofort herrschte Aufbruchstimmung unter den Gästen.

»Wollen wir noch gemeinsam eine Kleinigkeit essen gehen?«, schlug Fenna vor.

»Sehr gern«, stimmte Lena Hansen zu und die beiden Herren der Schöpfung schlossen sich den Damen an.

Da es inzwischen zwanzig Uhr vierzig war, schlug Fenna das Restaurant *Zur goldenen Ente* vor.

Asiatisches Essen lag nicht so schwer im Magen. Die kleine Gruppe hatte Glück und bekam einen Tisch. Die Kellnerin erkundigte sich nach ihren Getränkewünschen und händigte die Speisekarten aus.

»Dein Bekannter hat die Aufführung trotz gesundheitlichen Problemen sehr gut gemeistert«, sagte Lena Hansen. »Obwohl er nicht ganz fit aussah.«

Hoschi stimmte ihren Worten durch ein Nicken zu. »Ich habe ihm gesagt, er soll morgen gleich zum Arzt gehen und sich untersuchen lassen. Mit so einer Sommergrippe ist nicht zu spaßen. Er geht nämlich mit seiner Gruppe auf Tournee, – klappert alle Inseln ab. Dafür muss er fit sein.«

»Mir hat das Stück sehr gut gefallen und ich bin mir sicher, dass sich viele Gäste in den Sketchen wiedergefunden haben«, meinte Fenna und musste lachen. »Ich übrigens auch.«

Die Kellnerin erschien mit den Getränken und nahm die Bestellung auf.

Hoschi hob das Glas. »Auf die *Flotten Krabben*!«

»Auf die *Flotten Krabben*!«, schallte es im Chor zurück.

Hennings Telefon begann zu klingeln. Er fischte es aus seiner Hosentasche hervor. »Entschuldigt bitte, da muss ich rangehen.« Er stand auf und entfernte sich vom Tisch. Als er wieder zurückkam, wirkte er betroffen, worauf seine Kollegin ihn fragte: »Ist was passiert?«

Es dauerte einige Sekunden, bevor er eine Antwort gab. »Das war Timo. Otto Kretschmer wurde tot in seiner Garderobe aufgefunden.« Er sah dabei seinen Kollegen an. »Tut mir leid.«

Hoschi wich augenblicklich die Farbe aus dem Gesicht. »Was? Wieso? Was ist denn passiert?«

Henning zuckte mit den Schultern. »Das wissen sie noch nicht. Er wurde gerade erst gefunden.«

Hoschi sprang wie von der Hornisse gestochen vom Stuhl. »Ich muss da hin!«

»Und wir kommen mit!« Fenna stellte ihr Glas ab.

»Oh, das ist ja schrecklich!« Lena Hansen schlug entsetzt die Hand vor den Mund. »Ich komme selbstverständlich auch mit«, fügte sie entschlossen hinzu.

Fenna schaute ihre Mutter aus großen Augen an. »Du kannst nicht mit an einen Tatort, Mama! Und seit wann interessierst du dich denn für Mord?!«

»Warum denn nicht? Ich kann seelischen Beistand leisten«, bot Lena Hansen ihre Dienste an. »Immerhin bin ich die Frau eines Pastors. Und außerdem war *Derrick* meine Lieblingsserie.«

Fenna wollte gerade Protest einlegen, als Hoschi ihr zuvorkam. »Eine gute Idee, ich würde mich freuen. Und: Wegen Horst Tappert bin ich Polizist geworden.«

»Ich geh dann mal die Bestellung stornieren und die Getränke bezahlen«, sagte Henning.

4. Kapitel

Fenna seufzte, schnappte sich ihre Handtasche vom Tisch und begab sich nach draußen. Sie konnte sehen, wie ihre Mutter mit Hoschi um die nächste Straßenecke verschwand. Nicht zu glauben, dass ihre Mutter so erpicht darauf war, mit an einen Tatort zu kommen. Eigentlich hasste sie Gewalt und hatte es nicht gutgeheißen, dass Fenna zur Polizei ging. *Derrick* war ihre Lieblingsserie? Die war doch schon Asbach uralt. Hatte etwa ihr Kollege Hoschi ihre Mutter mit seinem Inselcharme eingelullt?

Henning erschien und die beiden gingen schnellen Schrittes zurück zum Inseltheater. Der Rettungswagen stand vorm Eingang und einige ihrer Kollegen waren bereits vor Ort.

Timo winkte die beiden zu sich. »Tut mir leid, dass ich euren freien Abend gestört habe.«

»Kein Thema. Wo finden wir Otto Kretschmer?«, fragte Henning.

Eine Frau, die ein dunkelblaues Kostüm trug, blieb neben ihnen stehen. »Guten Abend, mein Name ist Jutta Weßling, ich bin die Leiterin des Inseltheaters – ich bringe Sie zur Garderobe.«

»Das sind meine Kollegen Henning Petersen und Fenna Hansen«, stellte Kommissar Timo Klein sie einander vor und sie gaben sich die Hand.

»Wir waren noch in seiner Aufführung«, sagte Fenna betroffen.

»Wir sind zutiefst schockiert und können nicht glauben, dass Otto Kretschmer tot ist. – Bitte hier entlang.« Frau Weßling lief voran und nach wenigen Minuten befanden sie sich im Backstagebereich.

Fenna schaute sich interessiert um. Irgendwie herrschte hinter der Bühne eine andere Atmosphäre als auf und vor der Bühne. Aufgrund ihrer kurzen Model-Zeit, die sie mit Anfang sechzehn hatte, war sie einige Male auf dem sogenannten Catwalk gelaufen. Sie konnte sich noch ganz genau an den Geruch erinnern, der hinter den Kulissen waberte. Damals roch es nach den unterschiedlichsten Parfümnoten, Haarspray, Adrenalin und Anspannung. Kurz bevor die Models den Laufsteg betraten, zupfte immer noch der Designer oder die Designerin an einem herum.

Hier, im Inseltheater, roch es nach altem Holz, nach dem Staub, der auf den Strahlern gelegen hatte und durch die Wärme verschmort war. Unzählige Schmutzpartikel schwebten im gedimmten Licht umher.

»Kommst du, Fen?«, drang die Stimme ihres Kollegen in ihre Gedankenwelt.

»Ja.« Sie eilte zu ihm und Frau Weßling führte sie zu einem kleinen Raum. An der offenen Tür war der Name Otto Kretschmer auf einem weißen Papier gedruckt.

»Das ist die Garderobe von Herrn Kretschmer. Ich warte draußen.«

Hoschi und Lena Hansen waren bereits anwesend und zu Fennas Überraschung auch Doktor Sven Perick. »So schnell sieht man sich wieder«, sagte Sven zur Kommissarin.

»Ja, leider.« Fenna hatte die Worte gerade ausgesprochen, als ihr bewusst wurde, dass sie in diesem Zusammenhang falsch gewählt waren, also verbesserte sie sich flink. »Also, ich meine … der Umstand ist nicht gerade schön.« Sie grinste verlegen.

»Kannst du uns schon was zur Todesursache sagen?«, richtete Henning die Frage an den Doc und betrachtete den Toten. Otto Kretschmer trug einen weißen Bademantel und lag auf dem Boden. Es waren keine Blutspuren zu sehen.

»Im ersten Moment sieht es wie ein Herzinfarkt aus. Es gibt keine äußerlichen Verletzungen, die auf einen Mord hinweisen. Aber!« Doktor Sven Perick hob den rechten Zeigefinger. »Ich vermute, dass er vergiftet wurde, dafür müsst ihr …«, begann der Doc mit erhobenem Zeigefinger und Henning beendete den Satz seufzend.

»Wir müssen die Obduktion abwarten. Ja, ich weiß.«

Die Kommissarin gesellte sich zu ihrer Mutter und Hoschi, beide saßen auf einem kleinen Sofa. »Alles in Ordnung, Mama?«, erkundigte sie sich leise.

Lena Hansen blickte zu ihr auf und nickte. »Ja, danke.« Ein sanftes Lächeln huschte über ihr Gesicht.

Hoschi sprang plötzlich von seinem Platz auf und blickte den Arzt entsetzt an. »Otto Kretschmer wurde vergiftet?

Fenna war neugierig, wie Sven Perick so schnell darauf kam und fragte: »Woran erkennst du das?«

Doktor Sven Perick näherte sich mit seinen Fingern dem Mund des Toten. »Ich sehe minimale Reste von weißem Schaum in seinen Mundwinkeln.« Dann öffnete er vorsichtig die Lippen. »Und die Mundschleimhäute sehen angeschwollen aus.« Der Doc hatte sich aus der knienden Position erhoben und blickte durch die Runde.

»Da ich aber kein Spezialist auf diesem Gebiet bin, würde ich einen Kollegen aus dem Krankenhaus hinzuziehen.«

Nachdem der Arzt das Wort *vergiftet* in den Raum geworfen hatte, begann jeder der anwesenden, sich in dem kleinen Zimmer umzusehen, ob die Quelle des Todes noch zu finden war. Am auffälligsten waren zwei Sektgläser, eine leere Flasche Champagner und Käsehappen, die auf einem Beistelltisch standen. Fenna betrachtete die Flasche auf deren Etikett *Goldene Sünde* stand. Daneben lag eine Verpackung, die sehr hochwertig aussah, und in der sich noch einige Käsewürfel befanden. »Das kommt alles aus dem Feinkostladen *Goldener Seestern*. Hat mit Sicherheit ein kleines Vermögen gekostet. Im Champagner ist Blattgold enthalten.«

»Da spricht die Expertin – wusste gar nicht, dass du so ein teures Luxusmäulchen bist«, zog Hoschi sie mit seinem Humor auf, den er zum Glück nicht verloren hatte, obwohl er das Opfer persönlich kannte.

Henning antwortete für sie: »Das weiß Fen daher, weil wir heute einen Ladendiebstahl in dem Geschäft hatten. Als wir die Preise gesehen haben, wurde uns bewusst, in welch niedriger Gehaltsklasse wir uns befinden.«

»Sag bloß Kind, du bekommst hier nicht genug zu essen, weil alles so immens teuer ist?« Lena Hansen war sichtlich pikiert über die Tatsache.

Hoschi konnte nicht anders und lachte, und auch die beiden anderen Herrn schmunzelten über die Aussage von Frau Hansen. Fenna hingegen bekam rote Wangen und rief entsetzt: »Mama! Sehe ich etwa verhungert aus? Der *Goldener Seestern* ist ein Delikatessenladen, in dem ein Glas Leberwurst fünfundsechzig Euro kostet.«

»Die du hoffentlich nicht gekauft hast! Bei uns im Dorf kostet die Leberwurst nur zwei Euro! Für fünfundsechzig Euro gehe ich zweimal zu meinem Friseur!«

Die Kommissarin blies verzweifelt die Backen auf und Henning rettete sie, indem er sagte: »Keiner von uns kauft da ein. Aber vielleicht war das Gift in der Flasche Champagner«, lenkte er das Thema wieder auf den Toten zurück.

»Wenn es denn tatsächlich Gift war«, entgegnete der Arzt.

»Wie lange braucht dein Kollege, um das herauszufinden?«, wollte Hoschi von ihm erfahren.

Der Doc zog eine Grimasse. »Ihr wisst doch, dass diese Untersuchung vor Gericht nicht zählt«, richtete er die Worte an die Polizisten.

Hoschi trat dem Arzt entgegen. »Sag schon, wie lange?«

Sven überlegte einen Moment und antwortete: »Heute wird das eh nichts mehr, dafür ist es schon zu spät, aber im Laufe des morgigen Vormittags würde es gehen. Doktor Arnold könnte lediglich bestätigen, dass er vergiftet wurde, aber nicht womit.«

»Es reicht immerhin schon, dass du von Mord ausgehst und wir somit die Garderobe als Tatort sicherstellen können und mit sämtlichen Personen sprechen, die vielleicht irgendetwas gesehen haben«, brachte Hoschi mit fester Stimme hervor.

»Dann störe ich nicht weiter und verabschiede mich. Die Jungs vom Rettungswagen warten auf eure Ansage, wann sie den Toten mitnehmen können. Ich melde mich morgen im Laufe des Tages bei euch.« Bevor er die Garderobe verließ, warf er Fenna einen funkelnden Blick zu, der auch ihrer Mutter nicht entging und sie selbstverständlich ihren Senf dazugeben musste.

»Der fesche Arzt mag dich.«

Plötzlich waren alle Augen auf Fenna gerichtet und bevor sie was sagen konnte, ergriff Henning das Wort. »Das habe ich deiner Tochter schon vor Wochen gesagt.«

Sie presste die Lippen zusammen und erteilte ihrem Kollegen einen Hieb mit der Faust gegen seinen Oberarm. »Blödmann!«, zischte Fenna und ihre braunen Augen funkelten ihn böse an.

Lena Hansen klatschte in die Hände und wechselte schlagartig das Thema. »Und? Was machen wir jetzt?«

»*Wir*?« Fenna schaute ihre Mutter mit einer hochgezogenen Braue an und war froh, dass das Thema *fescher Arzt* so schnell in den Hintergrund gestellt worden war. Eigentlich ritt ihre Mutter auf solchen Themen immens lange herum. Aber der Mordfall schien sie mehr zu fesseln und zu interessieren als die Vorstellung, dass es ein Arzt auf ihre Tochter abgesehen hatte.

»Jetzt wird alles genauestens fotografiert und wir nehmen Fingerabdrücke von den Gläsern, der Flasche und der Verpackung«, klärte Hoschi Lena Hansen über die nächsten Schritte auf.

»Wie wäre es denn, wenn ich dich in deine Pension bringe, Mama?«, unterbreitete Fenna ihr den Vorschlag. »Das wird hier noch eine ganze Weile dauern.«

Doch Lena Hansen ließ sich nicht so einfach wegschicken. »Nichts da! Das ist meine erste Leiche, also, meine erste ermordete Leiche und ich muss sagen, es ist spannender als jeder Rosamunde-Pilcher-

Film, den ich je gesehen habe.« Sie endete mit einem Strahlen im Gesicht.

»Wer sind Sie? Und was haben Sie mit meiner Mutter angestellt?«, scherzte Fenna und tat entsetzt.

»Du lehnst dich zurück und beobachtest das Geschehen. Bloß nichts anfassen, Miss Marple!« Hoschi hob warnend den Zeigefinger.

Fenna seufzte und schüttelte den Kopf. Womit hatte sie das nur verdient? Als wenn Henning ihre Gedanken erraten hatte, sagte er leise zu ihr: »Du kommst echt nach deiner Mutter.«

»Was soll das denn heißen?«, kam es ihr pikiert über die Lippen. »Ich gehe voll nach meinem Vater!«

Ihr Kollege zwinkerte. »Ja, nee is klar. – Timo! Ich brauche den Tatortkoffer!«, rief er in den Gang, in dem der Kollege stand und sich mit Frau Weßling unterhielt.

Es dauerte nicht lang und Timo Klein übergab seinem Kollegen den gewünschten Tatortkoffer. »Danke. Und stelle fest, wer alles Zutritt zum Backstagebereich hatte und – wo sind eigentlich die anderen Darsteller?«, fiel es dem Kommissar ein.

»Ich werde mich darum kümmern.«

Die kleine Gruppe machte sich an die Arbeit. Hoschi und Fenna kümmerten sich um die Fingerabdrücke. Hennig hielt alles fotografisch fest und Lena Hansen saß auf dem Sofa und stellte viele Fragen über die Polizeiarbeit.

»Otto Kretschmer hat sicherlich Udo Jürgens als Vorbild gehabt«, sagte Lena Hansen, nachdem für sie alle polizeilichen Fragen beantwortet waren.

»Wie kommst du denn darauf?« Ihre Tochter warf ihr einen seltsamen Blick zu.

»Na, weil Udo Jürgens immer zum Ende seines Auftritts in einem weißen Bademantel am Klavier saß. – Wusstet ihr, dass man vermutet, dass er nach jedem Konzert eine Frau in seiner Garderobe zum Champagner eingeladen hatte? Seine arme Ehefrau.«

Fenna hielt die Flasche Champagner hoch und entgegnete: »Otto Kretschmer anscheinend auch, sonst wären nicht zwei Gläser hier, oder?«, richtete sie die letzten Worte an ihre Kollegen.

»Davon müssen wir ausgehen«, stimmte Henning ihr zu. »Wir warten ab, was Timo alles herausfindet. Und ob die Fingerabdrücke uns irgendwie weiterbringen.«

Fenna betrachtete die beiden Sektflöten genauer. »Ich kann weder Lippenstift noch einen Mundabdruck entdecken, der auf die Anwesenheit einer Dame hindeutet«, meinte die Kommissarin. »Auf einem der Gläser ist ein Lippenabdruck zu sehen, ohne Farbe. Vielleicht war der Champagner vergiftet und die Person, die die Flasche mitgebracht hat, hat selbstverständlich nichts davon zu sich genommen.«

Hoschi deutete auf das kleine Waschbecken, das neben dem Schminktisch angebracht war. »Vielleicht ausgekippt?«

Fenna beugte sich über die Keramikschale und schnupperte an dem Abfluss. »Ja, da wurde definitiv Alkohol entsorgt. Und hier sehe ich noch etwas von dem Blattgold.« Sie holte sich eine Pinzette aus dem Tatortkoffer und tütete das goldene Fitzelchen ein.

»Wo ist denn der Korken der Flasche?«, fragte Fennas Mutter.

Ihre Tochter hielt nach einem Mülleimer Ausschau und fand den kleinen grauen Behälter unter dem Schminktisch. Sie bückte sich und fischte den Korken hervor. »Hier. Guter Tipp, Mama, an den habe ich jetzt gar nicht gedacht.« Sie tütete ihn ein.

»Vielleicht wurde mithilfe einer Spritze das Gift in den Champagner gebracht«, äußerte Lena. »Ist doch oft so in den Krimis, oder?«

Hoschi hob den rechten Zeigefinger. »Hört, hört! Da kennt sich aber jemand mit Mordmotiven aus.«

Die Kommissarin schaute ihre Mutter ungläubig an. »Ich dachte, du guckst nur diese Liebesschnulzen?«

»Da wollte auch schon mal jemand aus Eifersucht einen Mann umbringen. Wurde aber zum Glück rechtzeitig von der Polizei aufgehalten, die schreckliche Tat durchzuführen.« Sie seufzte und wagte sich einen Schritt auf den Toten zu. »Ob er uns hören kann?«

»Du weißt schon, dass er mausetot ist, Mama?« Die Kommissarin legte die Champagnerflasche, die Gläser und die Käseverpackung in einzelne Beweistüten ein.

»Dein Vater sagt, dass die Verstorbenen eine bestimmte Zeit noch unter uns weilen. Sie können sich nicht mehr bewegen, nicht mehr mit uns sprechen oder uns sehen, aber die Seele von ihnen nimmt noch alles wahr.«

Es herrschte einige Sekunden lang eine traurige Stimmung im Raum, die durch Kommissar Timo Klein unterbrochen wurde. »Seid ihr soweit? Die Jungs möchten gern Herrn Kretschmer mitnehmen.«

»Ja, klar – du kannst ihnen Bescheid geben, danke!«, antwortete Henning und packte die Kamera zurück in den Tatortkoffer.

Lena Hansen faltete die Hände zum Gebet, senkte den Kopf und sprach leise vor sich hin.

Fenna wollte gerade einen Kommentar dazu abgeben, als sie sah, dass Henning und Hoschi ebenfalls die Hände falteten und den Blick senkten. Fenna seufzte leise und tat ihnen Gleiches nach.

»Ruhe in Frieden, Otto Kretschmer«, sagte Lena Hansen und im nächsten Moment betraten die Männer vom Rettungsdienst den Raum.

Nachdem die Leiche abtransportiert wurde und Henning die Garderobe mit dem Polizeisiegel und einem Absperrband versehen hatte, begab sich die Gruppe in den vorderen Bereich des Inseltheaters. Die Leiterin, Frau Weßling, war noch anwesend und trat den Beamten entgegen. »Konnten Sie schon was in Erfahrung bringen?«

»Nein, dafür müssen wir erst den Obduktionsbericht abwarten und das dauert immer ein paar Tage«, klärte Henning die Dame auf. »Wer hat Herrn Kretschmer denn gefunden?«

»Das war ich.«

»Um wie viel Uhr?«, hakte Henning nach.

»Das war kurz nach einundzwanzig Uhr. Ich wollte Otto fragen, wann er gedenkt zu gehen.«

»Hatte er Damenbesuch?«, fragte Lena Hansen.

»Mama!«, rief Fenna und gab ihrer Mutter durch einen finsteren Blick zu verstehen, dass sie sich nicht einmischen sollte.

Doch Lena Hansen zuckte unschuldig mit den Schultern. »Was? Ist doch eine ganz normale Frage, oder? Udo Jürgens hatte angeblich immer Damenbesuch in seiner Garderobe.«

Die Kommissarin schloss die Augen und schüttelte sachte den Kopf. Das durfte doch nicht wahr sein!

»Und Sie sind?«, fragte Frau Weßling höflich und ein Lächeln umspielte ihre Mundwinkel.

»Entschuldigen Sie bitte, das ist meine Mutter. Sie besucht und begleitet mich. Wir waren alle gemeinsam in der Aufführung«, sagte Fenna.

»Ich kann Ihnen nicht sagen, ob Otto im Anschluss des Stückes noch Damenbesuch hatte. Als ich ihn gefunden habe, war er allein.

Und die anderen Herren der Gruppe haben kurz nach der Aufführung bereits das Haus verlassen.«

Hoschi brachte sich mit in das Gespräch ein und wollte von der Leiterin wissen: »Ist Ihnen sonst etwas aufgefallen? Also, ich meine vor der Aufführung? Hatte Otto mit irgendjemand einen Streit?«

Frau Weßling antwortete ihm: »Nicht, dass ich wüsste. Mir ist nur aufgefallen, dass er krank aussah. Er sagte, er würde wohl eine Sommergrippe bekommen.«

»Ich glaube, Sie kommen am besten morgen früh zu uns auf die Polizeistation, dann besprechen wir alles in Ruhe. Es ist spät«, schlug Henning der Leiterin vor. Damit waren alle einverstanden und sie verabschiedeten sich von Frau Weßling.

»Ich bleibe noch so lange hier, bis alle das Inseltheater verlassen haben und kümmere mich um die Beweisstücke«, teilte Timo Klein seinen Kollegen mit.

5. Kapitel

»Und? Wo gehen wir jetzt essen?«, fragte Lena Hansen in die Runde, worauf sie alle aus großen Augen ansahen.

»Es ist gleich halb elf, du willst noch essen?« Ihre Tochter war sichtlich überrascht, musste sich aber insgeheim eingestehen, dass auch ihr der Magen knurrte. Sie hatte gegen sechzehn Uhr lediglich einige Kekse verputzt.

»Also, ich bin dabei – nur eine Kleinigkeit. Döner auf die Hand?«, schlug Hoschi vor.

»Döner geht immer«, bestätigte Henning.

»Oh ja, den habe ich schon lange nicht mehr gegessen«, freute Lena sich und schaute durch die Runde. »Und? Wo gibt es den besten Döner auf Norderney?«

Fenna konnte nicht anders und fing an zu lachen. Ihre Mutter war wie ausgewechselt. Natürlich wusste Hoschi, als echter Insulaner, wo es den besten Döner gab. »Folgt mir. Wir gehen zu Achmed!«

Gesagt, getan. Die Meute setzte sich in Bewegung und nach zehn Minuten Fußweg erreichten sie die kleine Dönerbude von Achmed. *Döner Paradies* stand in roter Leuchtschrift über dem Eingang und es war richtig was los in der kleinen Butze.

Die meisten Gäste hatten zu dieser späten Uhrzeit einen bestimmten Alkoholpegel erreicht, worauf der Körper viel Salz verlangte und dies verursachte Heißhunger auf alles, was ungesund war. Obwohl: Döner war eine gute Alternative. Unterschiedliche Salate, mageres Fleisch und nur wenige Kohlenhydrate in Form des Fladenbrotes füllten die beliebte Teigtasche.

Ein Tisch war frei und somit nahmen die vier Personen Platz. Da man selber an der Theke bestellen musste, schauten alle vorher in die Speisekarte. Nachdem sich jeder ein Gericht ausgesucht hatte, begaben Henning und Hoschi sich zum Tresen.

»Geht es dir wirklich gut?«, erkundigte sich Fenna bei ihrer Mutter.

Lena nickte. »Es ist doch nicht mein erster Toter, Kindchen. Auch wenn es schrecklich ist, dass dieser Mann sterben musste, wo ich gerade mal einen halben Tag auf Norderney bin, so finde ich es interessant, deine Arbeit kennenzulernen, Fen.« Sie drückte die Hand ihrer Tochter, die vor ihr auf dem Tisch ruhte.

Fenna lächelte sanft. »Ich bin froh, dass du mich besuchst, und es tut mir leid, dass der Besuch mit einem Mord beginnt.«

Ihre Mutter strich mitfühlend über die Hand ihrer Tochter und sagte: »Da kannst du doch nichts dafür. Hauptsache, ihr werdet den Täter schnell finden.«

»Das hoffe ich auch, Mama.«

Lena kniff die Lippen zusammen und meinte skeptisch: »Hat Otto den Champagner vor der Aufführung getrunken oder erst nach der Show? Vielleicht ging es ihm deshalb schon so schlecht und die grippeähnlichen Symptome waren Anzeichen einer Vergiftung. – Ich weiß nicht, irgendetwas stimmt da nicht.«

Die Kommissarin lachte herzhaft. »Du entwickelst dich tatsächlich zu Miss Marple.«

Ihre Mutter stieg in das Lachen mit ein, doch ihre Freude verebbte und sie wirkte auf einmal verlegen. »Es tut mir leid, dass ich das mit Hennings geplatzter Verlobung erwähnt habe – ich dachte, ihr seid Partner und habt offen darüber gesprochen.«

Fennas Blick huschte zu ihrem Kollegen, der sich mit Hoschi unterhielt und sie seufzte schwer. »Ach, schon gut. Ich hätte ihn schon längst persönlich darauf ansprechen sollen. Aber …« Sie holte einen tiefen Atemzug und starrte auf ihre Finger. »Ich arbeite jetzt schon einige Zeit mit ihm zusammen und wir verstehen uns echt gut, aber er ist mir gegenüber total verschlossen. Ich weiß so gut wie gar nichts von ihm.« Ihr Blick richtete sich auf und sie schaute ihre Mutter hilflos an. »Das ist doch traurig, oder?«

»Hast du ihm das schon mal so direkt gesagt?«, fragte Lena sie.

Fen schüttelte den Kopf. »Nein.«

»Mach es. Wenn er sich dir gegenüber nicht öffnen will, hat er seine Gründe dafür und dann musst du das akzeptieren. Es sind nicht alle Menschen so offen und quirlig, wie wir es sind, mein Schatz. Es heißt aber nicht, dass diese verschlossenen Personen uns nicht akzeptieren und nicht mögen. Und glaube mir – Henning mag dich, ich kann es spüren und in seinen schönen Augen sehen.« Sie machte eine kurze Pause und fügte hinzu: »Wieso seid ihr eigentlich kein Paar?«

»Wer ist kein Paar?«, fragte Henning, der die letzten Worte von Lena aufgeschnappt hatte und das Tablett mit den Dönertaschen abstellte.

Die Kommissarin blickte zuerst ihre Mutter und dann ihren Kollegen entsetzt an. Sie wusste nicht, was sie so schnell darauf sagen sollte.

Lena Hansen ergriff das Wort und antwortete: »Tom Beck und Denise Zich.«
Henning setzte sich und stutzte. »Wer soll das sein?«
Die Frage stellte sich Fenna insgeheim auch.
Lena Hansen klärte auf: »Das sind hervorragende Schauspieler, die oft in Rosamunde-Pilcher-Filmen mitwirken und ich hatte so gehofft, dass sie privat ein Paar werden. Tom Beck hat aber Chryssanthi Kavazi geheiratet und sie haben einen Sohn.«
»Aha.« Henning reichte den beiden die jeweilige Dönertüte und seine Neugier war damit gestillt. »Guten Hunger!«
Lena zwinkerte ihrer Tochter zu und biss genüsslich in die gefüllte Teigtasche.
Hoschi erschien mit den Getränken. »Ich dachte mir, auf den Schreck gönnen wir uns ein Bier.»
»Fen mag kein Bier!«, sagte Henning und grinste seine Kollegin an.
»Nix da! Da musst du jetzt mal durch, meine Liebe!«, rief Lena und hielt die Flasche hoch.
»Wieso magst du kein Bier?«, fragte Hoschi und verstand die Welt nicht mehr.
»Das kommt davon, weil Fen schon seit ihrer Kindheit vom Weinkelch im Gottesdienst genascht hat! Oder habt ihr schon mal irgendwo gelesen oder gehört, dass Jesus seinen Jüngern ein Bier ausgegeben hat?«, haute ihre Mutter mit trocknem Humor heraus.
Alle Blicke waren auf Fenna gerichtet, die nur mit den Achseln zuckte. »Was? Ich mag nun mal kein Bier – aber ich will mal nicht so sein.«
Alle lachten.
»Auf Otto Kretschmer, der viel zu früh von dieser Welt gehen musste!«, sprach Hoschi und alle prosteten sich zu.
Fenna verzog das Gesicht, nachdem sie einen Schluck aus der Flasche genommen hatte. »Nee, ich kann mich nicht dran gewöhnen – hier, kannst du austrinken.« Sie schob die Flasche zu Henning.
»Erzähl doch bitte noch mehr Anekdoten aus der Jugend deiner Tochter«, verlangte Hoschi, worauf Fenna ihrer Mutter einen warnenden Blick zuwarf.
»Wehe, Mama! Ich bringe dich jetzt zu der Pension, es ist spät.«
Lena schüttelte den Kopf. »Das kann Hoschi machen und Henning soll dich nach Hause begleiten. Immerhin streunt hier noch ein Mörder herum.«

»Amen!«, sagte Hoschi, worauf wieder alle lachten und in Ruhe den Döner verspeisten.

Nachdem alle gesättigt und die Bierflaschen geleert waren, machte die Gruppe sich auf den Heimweg. Lena Hansen bestand darauf, von Hoschi begleitet zu werden, und von Henning verlangte sie, ihre Tochter sicher nach Hause zu bringen.

Henning und Fenna liefen eine Zeit lang, schweigend nebeneinander her, bis sie endlich den Mut hatte, ihren Kollegen auf die Verlobungssache anzusprechen. Sie wusste nur nicht wie. »Du, Henning, also …«, begann sie mit sanfter Stimme, worauf er sofort wusste, was sie sagen wollte, und ihr zuvorkam.

»Wer hat dir von meiner aufgelösten Verlobung erzählt? Es war sicherlich nicht *Hannes*?« Er warf ihr von der Seite einen skeptischen Blick zu.

Fenna nagte an ihrer Unterlippe und blieb stehen. »Olli.« Er war ein ehemaliger Kollege aus Emden.

»Olli?«, wiederholte er und verschränkte die Arme. »Hätte ich mir denken können – alte Labertasche!« Er ging weiter und Fenna folgte ihm.

»Es tut mir leid, dass meine Mutter dich heute darauf angesprochen hat«, meinte sie aufrichtig.

»Wieso hast du es überhaupt deiner Mutter erzählt?« Er sah sie fragend an, wirkte aber nicht verstimmt.

Sie zuckte mit den Achseln. »Ach, weil … weil sie echt nervtötend sein kann und nie Ruhe gibt. Sie wollte von mir wissen, warum du nach Norderney gehst und ob dich deine Freundin begleiten wird. Nun ja – da habe ich ihr von der geplatzten Verlobung erzählt und auf ihre Verschwiegenheit gehofft.«

»Schon gut.«

»Schon gut? Das ist alles?« Fenna war sichtlich überrascht.

Inzwischen hatten sie die Maybachstraße erreicht und Henning blieb im Eingangsbereich des Hauses stehen. »Was soll denn noch kommen?«

»Also bist du nicht sauer auf mich?« Sie betrachtete ihn eingehend.

Er verschränkte die Arme und seine blaugrauen Augen funkelten im Schein der Laterne, die direkt neben ihnen stand. »Nein.«

Fenna rollte mit den Augen und gab ein genervtes Geräusch von sich. »Wieso hast du mir denn nichts von der Verlobungssache gesagt?«

Wie immer blieb ihr Kollege gelassen und ruhig, was Fenna wiederum immer auf die Palme brachte. »Warum sollte ich?«

»Boah, Henning! Ich bin deine Kollegin, du kannst mir vertrauen!«, warf sie ihm unmissverständlich vor und stemmte die Hände in die Hüften.

»Das weiß ich.«

»Und?« Sie zog eine Braue hoch.

»Und was?«

Fenna verpasste ihm aus heiterem Himmel einen Boxschlag gegen seinen rechten Oberarm, worauf er laut »Aua!» rief und sich die Stelle rieb.

»Wieso bist du nur so ein verschlossener … verschlossener … ach, du bist blöd, Mann!«, schleuderte sie ihm wütend entgegen und ließ ihn einfach stehen. Sie eilte die Stufen zum Eingang empor und verschwand hinter der Tür.

In ihrer Wohnung angekommen, eilte sie in die Küche, riss den Kühlschrank auf und holte sich die Flasche Weißwein aus dem Getränkefach. Damit ging sie ins Wohnzimmer, goss sich ein Glas ein und prostete sich selbst zu. »Auf meinen sturen und verbohrten Kollegen Henning!«

Nach dem vierten Schluck kam ihr die traurige Erkenntnis, dass sie ihm gegenüber auch nicht ehrlich war. Fenna hatte Henning nie von ihrer Modelkarriere erzählt, die sie im zarten Alter von sechzehn Jahren durchlebt hatte. Warum sollte sie auch? Was war an einem Modeljob schon spektakulär, im Gegensatz zu einer geplatzten Verlobung, die sicherlich mit Herzschmerz geendet hatte. Aber warum regte es sie auf, dass Henning ihr nichts von seiner gescheiterten Beziehung erzählt hatte? Es war doch sein Privatleben und es ging niemand anderes etwas an – gute Kollegin hin oder her. Fenna seufzte und hatte plötzlich ein schlechtes Gewissen, dass sie ihn so angeranzt und einfach stehen gelassen hatte. Sie beschloss, sich morgen früh bei Henning zu entschuldigen. Mit diesem Entschluss ging es ihr gleich besser und sie goss sich ein weiteres Glas ein.

*

Fenna warf einen Blick zur Wanduhr, die direkt gegenüber ihrem Schreibtisch an der Wand hing. Der Dienst von Henning hatte vor zwanzig Minuten begonnen und von ihm fehlte jede Spur. War er sauer, weil sie ihn gestern so eiskalt abserviert hatte? Nein, nicht Henning.

Hauptkommissar Theo Wiemer trat aus seinem Büro und winkte Fenna zu sich. »Moin! Fen, hast du mal eben Zeit für mich?«

»Klar!« Fenna schob die Sorgen beiseite und begab sich in das kleine Büro ihres Vorgesetzten. Sie schloss nach sich die Tür.

Theo hatte hinter seinem Schreibtisch Platz genommen. »Kannst du mir schon nähere Informationen zu dem gestrigen Todesfall von Otto Kretschmer geben?«

»Nun ja, so wie es aussieht, hat Otto Kretschmer Champagner getrunken und Käsehappen gegessen. Doktor Perick hat in dem Mund des Opfers angeblich Spuren einer Vergiftung entdeckt und wollte einen seiner Kollegen aus dem Krankenhaus hinzuziehen. Um welches Gift es sich dabei handelt, wird natürlich erst die Obduktion feststellen, aber wie du weißt, dauert das immer«, informierte sie ihn.

Theo rieb sich das Kinn. »Ihr wisst aber schon, dass das Ergebnis nicht rechtskräftig ist, falls irgendein Arzt eine Vergiftung feststellt?«

Fenna nickte. »Aber da Doktor Perick uns gestern Abend bereits mitgeteilt hat, dass wir von einem Mord ausgehen können, konnten wir bereits mit den Ermittlungen beginnen. Bis wir das Obduktionsergebnis vorliegen haben, ist der Täter vielleicht schon von der Insel verschwunden.«

Wiemer stimmte ihr durch ein Nicken zu und griff zum Hörer. »Ich werde Druck in Oldenburg machen, dass sie sich mit der Untersuchung beeilen sollen. Ist die Leiche schon zum Festland überführt worden?«

Die Kommissarin zuckte mit den Schultern. »Das weiß ich nicht, aber ich werde mich sofort darum kümmern.« Sie stand auf und verließ das Büro. Ihr Blick fiel auf den immer noch unbesetzten Platz von Henning. Wenige Sekunden später betrat er die Polizeistation und grüßte alle Anwesenden mit einem gut gelaunten »Moin, zusammen!«

»Moin, wo warst du?«, fragte Fenna ihn mit freundlicher Stimme.

»Musste noch was erledigen. Und? Gibt es Neuigkeiten in Sachen Otto Kretschmer?«, erkundigte er sich und nahm hinter seinem Schreibtisch Platz.

Fenna berichtete ihm von dem Gespräch, das sie gerade mit Theo Wiemer geführt hatte, und fügte hinzu: »Ich werde im Krankenhaus anrufen und fragen, ob die Leiche noch hier ist.«

Sie griff zum Hörer und legte ihn wieder aus der Hand, dann nahm sie einen tiefen Atemzug und sagte: »Ich wollte mich bei dir für mein blödes Benehmen von gestern Abend entschuldigen. Es geht mich nichts an, warum die Verlobung geplatzt ist. Entschuldige bitte.«

Ihr Kollege wirkte im ersten Moment sichtlich überrascht, dann huschte ein Grinsen um seine Mundwinkel und er zwinkerte ihr zu. »Entschuldigung angenommen, und auch ich möchte mich bei dir entschuldigen. Irgendwann werde ich es dir bei einem Bier erzählen, okay?«

Sie zog fragend die rechte Braue hoch. »Bier? Du weißt schon, dass ich kein Bier trinke.«

Henning seufzte. »Entweder trinkst du mit mir ein Bier oder du erfährst nichts von mir.«

»Das ist Erpressung!«, warf sie ihm mit gespieltem Ernst vor.

Die Antwort ihres Kollegen war ein gleichgültiges Schulterzucken und sie wollte gerade etwas darauf erwidern, als jemand ihren Namen rief und sie sich umdrehte. Es war Sven Perick. Fenna ging zum Tresen. »Moin, Doc, ich wollte gerade im Krankenhaus anrufen und fragen, ob die Leiche schon verschifft wurde?«

Sven kratzte sich an der Stirn. »Das kann ich dir ehrlich gesagt, gar nicht sagen, Fen.«

»Egal, ich kläre das gleich. – Und hat dein Kollege was herausgefunden?«

Henning war ihr gefolgt und stellte sich neben ihr. »Moin, Sven! Komm lieber zu uns an den Schreibtisch, es müssen ja nicht alle Ohren mithören.« Er hob die Klappe hoch und die drei begaben sich zurück zu ihrem Arbeitsplatz.

»Also: Doktor Arnold ist sich zu 95 Prozent sicher, dass Otto Kretschmer nicht durch einen Herzinfarkt gestorben ist. Er hat meine Diagnose bestätigt, dass das Opfer Anzeichen einer Vergiftung vorweist. Da er keine weiteren Untersuchungen durchführen darf, müsst ihr wohl oder übel auf das Obduktionsergebnis warten.«

6. Kapitel

»Also wurde Otto Kretschmer tatsächlich ermordet!«, erklang die aufgeregte Stimme von Hoschi hinter ihnen.

Henning nickte und schlug vor: »Okay. Dann werden wir uns mit seinen Kollegen aus der Theatergruppe unterhalten. – Mal sehen, ob die uns in irgendeiner Weise behilflich sein können.«

»Ich werde die Adressen von allen besorgen«, sagte Hoschi und entschwand.

Sven warf einen Blick auf seine Armbanduhr. »Ich muss wieder los. Dann hoffe ich, dass ihr den Täter schnell finden werdet.« Er hob die Hand zum Abschied. »Man sieht sich!«

»Danke, Sven!«, rief Fenna ihm nach und im nächsten Moment ertönte das Lied *Mamma Mia*.

Henning zog eine Braue hoch, als er die Musik hörte. »Wusste gar nicht, dass du auf ABBA stehst?«

Die Kommissarin kramte ihr Smartphone hervor und zog eine Grimasse. »Stehe ich auch nicht. Meine Mutter ruft an.« Sie wandte sich ab und drückte den grünen Hörer. »Moin, Mama, wie geht es dir?«

Lena Hansen ging auf die Frage gar nicht ein, sondern stellte selbst eine: »Habt ihr schon das Ergebnis von dem Arzt, der sich die Leiche anschauen wollte?«

»Danke, mir geht es auch gut«, sagte Fenna in einem leicht gereizten Ton.

»Warum sollte es dir auch nicht gut gehen? Immerhin bist du Polizistin geworden, du musst Leichen doch vertragen können, oder? Außerdem hast du schon viele tote Menschen gesehen, da kommt es auf den einen oder anderen auch nicht mehr an«, konterte ihre Mutter mit ihrer trockenen Art und Weise. Irgendwie erinnerte Fenna dieses Verhalten an Henning – der war manchmal auch so drauf.

Fenna seufzte kurz und ging auf die Worte ihrer Mutter nicht weiter ein – brachte eh nichts, also antwortete sie: »So wie es aussieht, wurde Otto Kretschmer tatsächlich vergiftet.«

»Dann hatte Doktor Perick also recht mit seiner Vermutung. Und? Was machen wir jetzt?«

»*Wir*?«

»Ja, ich bin gerne behilflich, was soll ich sonst den lieben langen Tag machen?«, erwiderte Lena Hansen pikiert.

»Spazieren gehen. Norderney ist sehr schön, hat eine Menge Geschäfte, einen tollen Strand und viele Strandkörbe, in denen du dich ausruhen kannst. Genieße die Zeit«, sagte Fenna höflich, obwohl ihr Puls schon wieder in die Höhe schoss.

»Ich kann doch nicht entspannen, wenn ein Mörder hier frei herumläuft! Außerdem müsst ihr nach einer Frau suchen«, gab sie überzeugend von sich.

»Frau? Wieso nach einer Frau?«, hakte ihre Tochter nach.

»Weil die meisten Morde, die durch Vergiftung verübt werden, von Frauen durchgeführt werden. Frauen bevorzugen diese Art der Tötung.«

Fenna stutzte. »Und du schaust dir wirklich nur Rosamunde-Pilcher-Filme an? Nicht irgendwelche Crimesendungen?«

»Crimesendungen? Was ist das?«, wollte ihre Mutter wissen.

Hoschi tauchte wieder auf und deutete auf das Smartphone in Fennas Hand. »Ist das deine Mutter?«

Fenna nickte.

»Sag ihr, ich hole sie zur vereinbarten Zeit ab. Ach – und die Leiche wurde vor einer Stunde aufs Festland überführt. Habe im Krankenhaus angerufen!« Und schwups war er auch schon wieder verschwunden.

»Habe ich gehört! Tschüss, mein Schatz! Wir sehen uns! Grüße Henning von mir!« Zack – Gespräch beendet.

»Mama?!« Fenna starrte auf das Telefon in ihrer Hand und schüttelte kaum merkbar den Kopf. War es denn zu fassen? Das hatte ihr gerade noch gefehlt – ihre Mutter, die bei der Aufklärung eines Mordes mithalf.

»Alles in Ordnung mit deiner Mutter? Oder hat sie das schreckliche Ereignis schwer mitgenommen?«, erkundigte Henning sich bei ihr, als er die starre Miene seiner Kollegin sah.

»Mitgenommen?«, wiederholte sie schriller, als sie wollte, räusperte sich und fügte in einem ruhigen und sachlichen Tonfall hinzu: »Sie hat Blut geleckt. Und das im wahrsten Sinne des Wortes. Meine Mutter entpuppt sich tatsächlich als neue Miss Marple. – Nicht zu fassen!«

Der Hauptkommissar erschien. »So, ich habe in Oldenburg bei der Gerichtsmedizin angerufen und gesagt, dass sie, sobald die Leiche bei ihnen auf dem Tisch liegt, zuerst feststellen sollen, ob definitiv eine Vergiftung vorliegt, und wenn ja, um welche Art von Gift es sich handelt.«

»Danke, Theo. Wir werden jetzt mit den weiteren Darstellern der *Flotten Krabben* sprechen. Mal sehen, ob deren Aussagen uns weiterhelfen können«, sagte die Kommissarin.

»Haltet mich auf dem Laufenden.« Der Hauptkommissar ging zurück in sein Büro.

»Wollte Frau Weßling nicht zu uns kommen?«, fragte Fenna ihren Kollegen und hatte es gerade laut ausgesprochen, als die Leiterin des Inseltheaters die Polizeistation betrat.

»Guten Morgen!«, begrüßte sie die Beamten und winkte ihnen zu.

Fenna brachte die Dame zu sich an den Schreibtisch. »Darf ich Ihnen etwas zu trinken anbieten?«

»Nein, danke.« Frau Weßling schlug elegant die Beine übereinander und legte ihre Handtasche in den Schoß.

Henning fragte die üblichen persönlichen Daten ab. Nachdem dies erledigt war, ging er in die Befragung über. »Sie haben also Herrn Kretschmer gefunden. Um wie viel Uhr war das?«

»Die Aufführung ging bis zwanzig Uhr dreißig, danach habe ich mit einigen Gästen gesprochen und gegen einundzwanzig Uhr zehn bin ich zu ihm in die Garderobe. Ich wollte mich erkundigen, wie es ihm geht, da er ja vor der Show schon angeschlagen wirkte. Nun ja, ich habe mehrmals angeklopft, aber ich erhielt keine Antwort, also bin ich reingegangen. Er lag auf dem Boden, ich habe seinen Puls gefühlt und sofort den Notarzt angerufen.« Sie holte mehrmals tief Luft und ihre Gesichtszüge veränderten sich. Frau Weßling war sichtlich betroffen über den plötzlichen Tod von Otto Kretschmer. »Wissen Sie, ich kenne Otto schon viele Jahre und der Auftritt mit seiner Truppe war immer ein Highlight zum Saisonstart. Dass er jetzt tot ist, kann ich noch immer nicht glauben.«

Die Kommissarin sprach weiter: »Also war Herr Kretschmer der einzige Darsteller der Truppe, der nach der Aufführung nicht sofort das Inseltheater verlassen hat. Wissen Sie, warum er noch blieb?«

Frau Weßling nickte. »Ihre Mutter hatte recht mit der Vermutung, dass Otto nach jeder Aufführung gerne mal Damenbesuch empfing.«

Fenna musste einen Seufzer unterdrücken, als sie die Worte hörte. Das durfte doch nicht wahr sein – ihre Mutter hatte tatsächlich den sechsten Sinn, oder wie immer man das nennen konnte. Diese Vorahnungen hatten Fenna in all den Jahren schon oft zur Weißglut gebracht. Ihr Vater hingegen betrachtete es stets als göttliche Gabe. »Fen, manche können halt das Gras wachsen hören«, hatte er dann immer gesagt. Ihr Vater war ein sehr geduldiger und ruhiger Vertreter Gottes. »Und gestern hatte Otto Kretschmer anscheinend auch Damenbesuch, denn wir haben eine teure Champagnerflasche, zwei Gläser und Käsehappen vorgefunden.«

»Das kann ich Ihnen leider nicht bestätigen. Wie gesagt, gleich nach der Aufführung habe ich mich mit Gästen unterhalten«, meinte sie. »Ich kontrolliere ihn ja nicht. Er ist alt genug und nicht verheiratet, da kann er machen, was er will.«

Der Kommissar fragte: »Ist Ihnen irgendeine Person über den Weg gelaufen, als Sie zur Garderobe gegangen sind?«

Frau Weßling schloss die Augen und kniff die Lippen zusammen. Es dauerte einige Sekunden, bis sie dem Kommissar eine Antwort gab. »Ja, eine Frau vom Norderneyer-Hilfe-Team kam mir entgegen – sonst niemand.«

»Vom NHT? Kennen Sie die Frau?«, hakte Fenna nach.

»Ja, vom Sehen her. Sie hat schon oft Dienst gehabt, wenn wir Aufführungen hatten.« Sie kräuselte die Stirn. »Ah, mir fällt der Name nicht ein. Ich meine Susanne oder Silvia.«

»Und die Frau kam aus der Richtung von Otto Kretschmers Garderobe?«, hinterfragte die Kommissarin.

»Genau. Ich habe mir nichts dabei gedacht – nun ja, ich bin davon ausgeganen, dass sie sich ebenfalls nach dem Gesundheitszustand von Otto erkundigt hat. Ist naheliegend, als Ersthelferin, oder?«, antwortete Frau Weßling.

»War denn die Ersthelferin nicht mehr da, als Sie Otto gefunden haben? Ich meine, sie hätte vielleicht noch helfen können?«, gab Fenna zu bedenken.

»Ich hatte einen schnellen Blick aus der Garderobe geworfen und um Hilfe gerufen, aber da war sie anscheinend schon weg – die Aufführung war seit halb neun vorbei, dann brauchen die Ersthelfer nicht mehr zu bleiben, jedenfalls nicht alle. Und 112 zu rufen schien mir effektiver, als dass ich im ganzen Theater nach einem Sanitäter suche«, erklärte sie ihr Handeln.

»Damit haben Sie wohl recht, Frau Weßling.« Fenna warf ihrem Kollegen einen festen Blick zu und meinte: »Dann ist die Dame vom NHT wahrscheinlich die letzte Person, die Kretschmer lebend gesehen haben könnte.«

Henning bestätigte ihre Worte mit einem Nicken und wandte sich an Frau Weßling. »Gut, das wäre es fürs Erste. Wir befragen die anderen Mitglieder der *Flotten Krabben*, vielleicht können uns deren Aussagen weiterbringen.«

Frau Weßling sah beide Kommissare neugierig an und fragte: »Kennen Sie denn schon die Todesursache?«

»Nein, wir müssen auf den Obduktionsbericht warten, das dauert immer ein paar Tage«, gab Henning schnell Antwort.

Frau Weßling erhob sich und gab einen leisen Seufzer von sich. »Hoffentlich wurde er nicht umgebracht.«

Die Beamten sahen sich aus großen Augen an, als sie die Worte hörten. »Wie kommen Sie denn darauf, dass jemand Herrn Kretschmer töten wollte, Frau Weßling?« Fenna konnte merken, dass die Dame überlegte, ob sie noch was zu sagen hatte. »Wir sind über jeden Hinweis dankbar, der uns weiterbringen kann.«

»Wie schon gesagt, Otto war ein Casanova, wie er im Buche steht, turnte mit sämtlichen Frauen herum, auch verheirateten, und jetzt, wo ich darüber nachdenke, fällt mir ein, dass die Männer sich nachmittags bei der Probe laut gestritten haben.«

»Konnten Sie hören, worum es bei diesem Streit ging?«, wollte Henning wissen.

»Ich habe lediglich ein paar Sätze aufgeschnappt.«

»Die da wären?« Fenna zog eine Braue hoch.

»Warum er seine Theatergruppe ausgerechnet jetzt im Stich lassen wollte und dass er nur an sein eigenes Wohl denke und an das viele Geld – ja, mehr nicht, dann klingelte mein Telefon und ich habe den Saal verlassen«, zählte Frau Weßling ihre Erinnerungen auf.

»Das waren noch sehr wichtige Informationen für uns, Frau Weßling. Wir bedanken uns, dass Sie gekommen sind. Einen schönen Tag noch!«, verabschiedete Fenna sich und begleitete die Dame bis zur Tür.

»Dann werden wir uns mal jedes Mitglied der Theatergruppe einzeln vornehmen«, sagte Henning und drehte sich zu Hoschis Arbeitsplatz hin. »Hast du schon die Adressen?«

Sein Kollege nickte. »Ja, habe ich. Kann losgehen. Ich übernehme einen der Jungs und überlasse euch zwei.«

»Wieso nimmst du nicht zwei?«, stellte Henning ihm die Frage und sah ihn fest an. »Wir müssen auch noch zur NHT.«

Hoschi eilte an den beiden Kollegen vorbei und sagte: »Keine Zeit – ich mache um elf Uhr dreißig eine Wattwanderung mit Lena! Habe die Adressen in die Polizei-App gesetzt. Ich knöpfe mir Michael Knudsen vor. Tschüss!«

»Was?!«, rief Fenna ihm nach und starrte Henning entsetzt an. »Hat er gerade gesagt, dass er um elf Uhr dreißig eine Wattwanderung mit meiner Mutter macht?«

Der Kommissar zuckte mit den Schultern, schnappte sich die Autoschlüssel und ging schnurstracks zur Tür. »Nein, er sagte *Nena*.«

Fenna eilte ihm nach. »Du spinnst doch! Ich habe ganz genau *Lena* gehört – wie kommst du auf *Nena*?« Sie schüttelte den Kopf und spürte schon wieder, wie sich ihr Puls erhöhte.

Ihr Kollege erreichte den Streifenwagen, warf seiner Kollegin einen amüsierten Blick zu und neckte sie. »Lena und Nena klingen doch gleich, oder?«

Fenna stieg ein und schnallte sich an. »Ja, ja – halte du nur zu Hoschi.«

»Was stört dich denn daran, dass die beiden sich verstehen? Sei doch froh, dass deine Mutter eine Wattwanderung unternimmt. Oder hast du Angst, dass zwischen den beiden was laufen könnte?« Er schaute sie mit unverhohlener Neugier an.

Fenna presste die Lippen zusammen. »Nein … ach, ich weiß auch nicht. Irgendwie ist meine Mutter schräg drauf.«

»Genau wie du, Fen! Jetzt konzentriere dich bitte auf den Fall – immerhin haben wir einen Mörder zu suchen«, sagte er in einem tadelnden Ton.

»Sir, jawohl Sir!«, salutierte Fenna militärisch und fügte hinzu: »Oder eine Mörderin!«

»Genau. Bevor wir zu einem aus der Gruppe fahren, fragen wir beim NHT nach, wer gestern Dienst im Inseltheater hatte. Die Ersthelferin ist wichtiger, weil sie kurz vorher in der unmittelbaren Nähe zur Garderobe gesehen wurde.«

7. Kapitel

Das NHT-Gebäude lag in der direkten Nähe zum Wasserturm, der 42 Meter hoch und seit 1929 in Betrieb ist. 500.000 Liter Frischwasser werden dort gespeichert und versorgen damit die Insel. 205 Stufen führen bis auf das Dach, doch für Besucher ist dieser Trakt nicht zugänglich. Die hiesige Feuerwehr lag auf der gegenüberliegenden Seite der NHT-Einsatzzentrale und beide teilten sich ein Grundstück.

Vor dem roten Haus standen drei Rettungsfahrzeuge. Henning parkte seitlich, damit, falls es plötzlich zu einem Einsatz kommen sollte, er die schnelle Abfahrt nicht behinderte. Eine Treppe führte zum Eingang. Als die Beamten eintraten, wurden sie von einer jungen Dame freundlich begrüßt. »Moin! Was kann ich für euch tun?«, erkundigte sich Petra, ihr Name stand auf einem silbernen Schild, das sie auf der rechten Seite ihres weißen Poloshirts trug.

»Moin!«, grüßten beide im Chor zurück und Henning stellte sich und seine Kollegin vor. »Wir möchten gerne erfahren, wer von eurem Team gestern Abend im Inseltheater die Schicht hatte.«

Petras Gesicht wirkte betroffen. »Oh, geht es um den plötzlichen Tod von Otto Kretschmer?«

Henning nickte. »Genau.«

Die NHT-Angestellte lehnte sich auf den Infotresen und senkte die Stimme. »Mein Kollege hat uns erzählt, dass er umgebracht wurde. Stimmt das?«

Fenna sagte daraufhin: »Wir müssen noch den Obduktionsbericht abwarten, aber es könnte tatsächlich darauf hinauslaufen.«

Petra kniff die Lippen zusammen und löste sich vom Tresen. »Ich meine, dass Silvia Höfner und Basti Schöll gestern Dienst hatten. – Kleinen Moment, ich schaue in der P.E.P. nach.« Sie holte einen weißen Ordner hervor, blätterte kurz und ließ ihren rechten Zeigefinger über das Papier gleiten. »Ja. Beide waren vor Ort.«

»Wir möchten gern mit ihnen sprechen. Sind sie zufällig hier oder wo können wir sie finden?«, erkundigte sich der Kommissar.

»Die müssten laut Plan hier sein. Oben ist unser Aufenthaltsraum, da könnt ihr es gern versuchen.» Petra deutete zur Eingangstür. »Ihr müsst in den Flur, Treppe hoch und gleich die erste Tür links.«

»Danke!«, kam es von Fenna und beide machten sich auf den Weg ins obere Stockwerk.

Musik dudelte aus einem Radio und Stimmen drangen aus dem Aufenthaltsraum zu den Beamten. Henning blieb in der Tür stehen, sah zwei Personen und klopfte gegen den Rahmen. »Moin!«

Beide schreckten auf und verstummten.

»Wir stören ungern, aber wir müssten euch ein paar Fragen stellen«, sagte Fenna freundlich.

Der junge Mann strahlte die Polizistin mit einem Lächeln an. »Ihr stört doch nicht. Kommt rein. Wollt ihr einen Kaffee?«

Henning schüttelte den Kopf und Fenna lehnte höflich ab: »Nein, danke.«

»Es geht sicherlich um Otto Kretschmer«, meinte Silvia Höfner und nippte an ihrem Kaffee.

»Eine Zeugin konnte uns bestätigen, dass du in der Nähe seiner Garderobe gesehen wurdest, kurz bevor Otto starb. Warst du bei ihm?«, fragte der Kommissar die Sanitäterin direkt und hatte seinen Notizblock hervorgeholt.

Sie umklammerte den Kaffeepott. »Nein. Ich war zwar in der Nähe seiner Garderobe, aber dort gibt es auch Toiletten. Die in der Lobby waren überfüllt, dort standen die Damen wieder Schlange und so lange wollte ich nicht warten, also suchte ich die Toiletten auf, die für die Darsteller sind.«

Ihre Begründung klang glaubhaft. Fenna wusste nur zu gut, wie oft sie bei Feierlichkeiten, Discobesuchen oder Konzerten in einer langen Schlange vor dem Damenklo warten musste. Oft war sie einfach schnell auf die Herrentoilette geflitzt, da war fast nie was los – die brauchten halt nicht so lang. »Hast du im Vorfeld mitbekommen, dass Otto bereits gesundheitlich angeschlagen wirkte?«

»Ja, ich habe ihn direkt darauf angesprochen. Er sagte, er brüte wohl etwas aus. Er fragte mich, ob ich Aspirin hätte, ich habe ihn zwei Tabletten gegeben. Das war aber vor der Aufführung.«

Basti meldete sich zu Wort. »Und ich war die ganze Zeit über im Saal und in der Lobby unterwegs. Ich habe erst erfahren, dass etwas mit Otto passiert ist, als unsere Kollegen mit Doktor Perick dort auftauchten.«

»Seit wann wart ihr vor Ort? Ist euch vielleicht etwas im Vorfeld aufgefallen? – Habt ihr die Darsteller gesehen, gab es Streit oder war eine andere weibliche Person bei Otto Kretschmer?«, fragte Fenna weiter.

»Weibliche Person?«, wiederholte Silvia und es folgte ein abgehacktes Lachen. »Otto war dafür bekannt, dass er kein Kostverächter war und sicherlich einigen Frauen das Herz gebrochen hat.«

Fenna stutzte einen Moment über die harte Aussage von ihr. Es kam der Beamtin so vor, als gehörte Silvia Höfner selbst zu einer der Damen, deren Herz von Otto Kretschmer gebrochen wurde. Sie schätzte die Sanitäterin auf Anfang vierzig und stufte sie als hübsch ein. Dunkelblondes gelocktes Haar, das sie zu einem Pferdeschwanz trug und blaue klare Augen, die von einigen Sommersprossen umspielt wurden, verliehen ihr einen süßen Touch.

Henning sah Silvia neugierig an. »Hatte er an diesem Abend auch Damenbesuch? Wir haben in seiner Garderobe eine teure Flasche Champagner, zwei Gläser und Käsehappen vorgefunden.«

Die Befragte zuckte mit den Schultern. »Keine Ahnung. Ich war, wie Basti, die ganze Zeit vorne im Saal und nur kurz hinter der Bühne, weil ich zur Toilette musste. Und vor der Aufführung hatte Otto mich nach den Tabletten gefragt. Da war keine Frau bei ihm.«

»Und als der Tod festgestellt wurde? Wo warst du da?«, wollte die Kommissarin von Silvia erfahren.

»Feierabend. Die Aufführung war zu Ende und die meisten Besucher waren weg, da müssen wir nicht mehr präsent sein«, antwortete sie.

Basti bestätigte die Worte seiner Kollegin mit einem Nicken. »Genau, außerdem war ich noch da und habe, bis das Einsatzteam kam, mit einem Bekannten geredet.«

»Okay, danke!«, sagte Henning, verstaute seinen Block in seine Jackentasche und hob zum Abschied die Hand.

Die beiden gingen zurück zum Wagen, und Fenna schaute in der Polizei-App nach den jeweiligen Adressen der anderen Mitglieder. Die App war ein Testmodell auf der Norderney- Polizeistation. Die jeweiligen Polizisten hatten die Möglichkeit, in der App auf sämtliche Informationen zugreifen zu können, die sie benötigten. Somit ersparte sich die Dienststelle Zeit, Personal und die App wurde stets auf den neusten Stand gebracht. Hoschi hatte die drei Adressen hinterlegt und da er sich Michael Knudsen ausgesucht hatte, blieben ihnen noch Ludger Arens und Clemens Möller übrig.

»Wenn wir mit den beiden gesprochen haben, sollten wir in das Feinkostgeschäft *Goldener Seestern* gehen, wer weiß – vielleicht können die sich dort an einen bestimmten Kunden erinnern, der diese verdammt teuren Sachen gekauft hat«, schlug die Kommissarin vor.

Henning nickte. »Das machen wir, aber jetzt sag mir die erste Adresse.«

»Up Süderdün 13, Ludger Arens«, teilte Fenna ihm mit.

Nach wenigen Minuten erreichten die Beamten die Adresse. Es war ein kleines rotes Backsteinhaus, das hinter einem grünen Eisenzaun lag und ein gepflasterter schmaler Weg, führte beide durch einen gepflegten Vorgarten. Rosenbüsche waren neben der Eingangstür gesetzt. Ein Forsythienstrauch blühte in seiner vollen gelben Pracht und einige Tulpen wehten im leichten Wind.

Fenna betätigte die Klingel und es dauerte nicht lang und die weiße Haustür wurde geöffnet. »Moin, Herr Arens, Inselpolizei. Mein Name ist Fenna Hansen und das ist mein Kollege Henning Petersen. Wir möchten Ihnen ein paar Fragen zum Tod von Herrn Otto Kretschmer stellen. Dürfen wir reinkommen?«

Ludger Kretschmer wirkte sichtlich betroffen und trat, ohne zu zögern, zur Seite. »Moin, aber sicher, kommen Sie rein. Einfach geradeaus.«

Fenna und Henning gingen voran und blieben im Wohnzimmer stehen.

»Bitte, setzen Sie sich doch. Darf ich Ihnen etwas zu trinken anbieten?« Ludger Arens schaute die Beamten mit einem gezwungenen Lächeln an und deutete auf die dunkelgraue Sitzgarnitur.

»Nein, danke«, antwortete der Kommissar für beide und sie nahmen Platz.

Arens setzte sich ihnen in einem Sessel gegenüber. Er wippte nervös mit dem rechten Bein und seine Finger spielten unruhig miteinander. »Ich … also wir sind alle zutiefst geschockt über den plötzlichen Tod von Otto. Wissen Sie schon, was die Todesursache ist?«

»Nein, konkret noch nicht, aber die ersten Ermittlungen deuten an, dass Herr Kretschmer umgebracht wurde.« Fenna war auf seine Reaktion gespannt.

»Umgebracht?!«, kam es laut und entsetzt aus dem Mund von Arens. »Aber wer …, wer sollte denn einen Grund gehabt haben, Otto zu töten?«

»Deshalb sind wir hier, Herr Arens. – Ist Ihnen irgendetwas an dem Tag aufgefallen? Hatte Otto Kretschmer mit jemanden Streit oder

Damenbesuch?«, fragte Henning und holte erneut seinen Notizblock hervor. Fenna war froh darüber, dass sie nicht die Notizen machen musste, sie hatte eine Sauklaue – wie ihre Mutter immer zu ihr sagte.

Ludger schüttelte sachte den Kopf, während er angestrengt darüber nachdachte. Sein Beinwippen wurde stärker und um seine Mundwinkel zuckte es. Nach einigen Sekunden schaute er die Beamten an und sagte mit fester Stimme: »Nein, mir fällt nichts Besonderes ein.«

»Und was war mit dem Streit, den Ihre Theatergruppe während der Nachmittagsprobe hatte?«, konfrontierte die Kommissarin ihn. »Es gibt eine Zeugin.«

Arens strich sich über den Mund und lehnte sich in dem Sessel zurück. »Streit würde ich das nicht nennen, wir haben des Öfteren Meinungsverschiedenheiten über den Ablauf der Show gehabt. Das legt sich aber immer relativ schnell. Genau wie gestern.«

Die Kommissarin betrachtete eingehend seine Mimik und war sich sicher, dass Herr Arens gerade gelogen hatte. Oh Mann, verfügte sie auch über den sechsten Sinn, den ihre Mutter hatte? Sie schob den unnötigen Gedanken schnell beiseite und entgegnete: »Angeblich ging es in dem Streit darum, dass Otto Kretschmer die Gruppe verlassen wollte, er nur an sein Wohl und an das viele Geld denken würde. Was meinte er damit?«

Ludger Arens winkte die Worte der Kommissarin mit einer laschen Handbewegung fort. »Ach, Otto war dafür bekannt, rumzuspinnen. Er träumte schon seit Jahren von einer Solo-Karriere und setzte uns andere damit unter Druck. Wir haben ihm auch diesmal kein Wort geglaubt.«

Henning ließ sich mit dieser Aussage nicht abspeisen und hakte nach. »Wenn Sie, wie Sie sagen, die Spinnereien von Herrn Kretschmer kannten, warum geriet die Gruppe erneut in Streit deswegen?«

Es folgte ein langer und genervter Seufzer. »Weil er uns damit langsam auf die Nerven ging.«

»Also haben Sie ihn einfach getötet«, haute Fenna provozierend heraus, worauf Henning ihr einen tadelnden Blick zuwarf und sie nur gleichgültig mit den Achseln zuckte.

Herr Arens schnellte im Sessel vor und starrte die Polizistin pikiert an. »Was? So ein Unsinn! Ich habe doch nicht Otto getötet, nur weil er ein Spinner war!«

In der nächsten Sekunde ging die Haustür auf und eine blonde Frau mit zwei vollen Einkaufstaschen betrat den Flur. »Bin wieder zurück! Der Lachs war sogar nich im Angebot!«, rief sie und blieb im Türrahmen stehen. »Oh, Polizei … habe mir schon gedacht, dass Sie bei uns sind.«

»Das ist meine Frau Tina«, stellte Herr Arens seine Gattin vor.

»Ich bringe eben die Einkäufe in die Küche, sonst wird mir der Lachs schlecht.« Sie lächelte durch die Runde und verschwand.

Fenna sprach weiter: »Befand sich Otto Kretschmer in einer festen Beziehung?»

»Nicht, dass ich wüsste.«

Frau Arens kam in diesem Moment zurück und antwortete mit betroffener Stimme: »Otto war ein Casanova, wie er im Buche steht. Er hatte unzählige Affären, aber trotzdem war er ein sehr netter und sympathischer Kerl. Es ist wirklich unfassbar, dass er tot ist.«

»Sie kannten Herrn Kretschmer also auch persönlich«, schlussfolgerte der Kommissar aus ihren Worten.

Frau Arens setzte sich zu ihrem Mann auf die Stuhllehne und legte ihre Hand auf sein Bein. »Natürlich kenne ich Otto persönlich, immerhin arbeitet mein Ludger schon einige Jahre mit ihm zusammen und ich habe meinen Mann oft zu den Proben und Auftritten begleitet.«

»Apropos Auftritte: Wo wollten Sie denn überall mit ihrem Bühnenprogramm auftreten?«, wollte Henning von ihm erfahren.

»Gestern war unser Auftakt auf Norderney. Danach wären wir alle ostfriesischen Inseln abgeklappert, wir hatten sogar Termine auf Amrum und Sylt«, antwortete Herr Arens und fügte leise hinzu: »Das hat sich wohl erledigt.«

»Wissen Sie denn schon Näheres über die plötzliche Todesursache?«, fragte Frau Arens interessiert.

Bevor die Beamten ihr antworten konnten, ergriff ihr Mann das Wort und blickte sie entsetzt an. »Stell dir vor, so wie es aussieht, wurde Otto getötet!«

»Was? Nein!«, rief sie und hielt sich die freie Hand vor den Mund.

Fenna und Henning tauschten einen Blick aus und die Kommissarin stellte die Alibifrage. »Wo waren Sie beide denn gestern nach der Aufführung?«

»Wir Darsteller treffen uns immer kurz hinter der Bühne und besprechen noch einmal den Auftritt, und da wir alle von hier stammen, haben wir gegen einundzwanzig Uhr das Inseltheater verlassen, nur Otto bestand wie immer auf einer eigenen Garderobe und blieb. – Meine Frau kann das bezeugen, wir sind gemeinsam nach Hause gegangen.«

Tina Arens nickte eifrig und ergriff die Hand ihres Mannes. »Genauso war es. Ich habe mich nur gewundert, dass Otto diesmal blieb, da er gesundheitlich angeschlagen wirkte.«

»Was meinen Sie mit *angeschlagen*?» Die Kommissarin wollte die Version von Tina Arens hören.

»Als würde er eine Grippe ausbrüten. Er gefiel uns allen gar nicht. Aber Otto war ein friesischer Sturkopp, er wollte die Premierenaufführung natürlich nicht absagen und hat sich von einer Sanitäterin Aspirin geben lassen und sagte, ihm würde es morgen schon besser gehen.« Sie holte einen tiefen Atemzug. »Schrecklich, und jetzt ist er tot, wurde umgebracht? Ich kann das gar nicht glauben.«

»Wird die Tour jetzt abgesagt oder verfügen Sie über eine Zweitbesetzung für den Part von Otto Kretschmer?«, erkundigte sich die Polizistin. In der vierten Klasse hatte Fenna das Glück und konnte als Zweitbesetzung der Theatergruppe einspringen, als die Hauptdarstellerin kurzfristig aufgrund einer Grippe, nicht auftreten konnte.

Ludger Arens schüttelte den Kopf. »Nein – wer hätte auch mit so etwas Schlimmem gerechnet? Ich gehe davon aus, dass Beatrix die Tour absagen muss, ihr bleibt ja auch nichts anderes übrig.«

Fenna blickte ihn fragend an. »Wer ist Beatrix?«

»Beatrix Rakel ist unsere Managerin. Sie ist seit vorgestern auf der Insel und begleitet uns während der Tour. Sie erledigt die Pressearbeiten, Hotelangelegenheiten, Catering Service und so weiter.«

»Und wo können wir Frau Rakel finden?«, fragte Henning.

»Sie hat ein Zimmer im *Inselhotel Barke*.«

Der Kommissar erhob sich. »Sollte Ihnen noch irgendetwas einfallen, melden Sie sich bitte bei uns auf der Polizeistation.» Die Beamten verabschiedeten sich und machten sich auf den Weg zu Clemens Möller. Er wohnte in einem der wenigen Hochhäuser, die es auf der Insel gab, und hatte wohl mit dem Besuch der Polizei gerechnet, denn er drückte umgehend den Türöffner und sagte: »Sechster Stock, rechter Gang.«

Als die beiden den Flur betraten, rümpfte Fenna die Nase. Ein Geruch von Bohnerwachs, Müll und kaltem Rauch schlug ihr entgegen. »Na, hier duftet es aber lecker!«

Henning erwiderte mit seiner trockenen Art: »Du bist auch nicht hier, um zu essen.«

Zum Glück gab es einen Aufzug und somit standen die Beamten wenige Minuten später Herrn Möller gegenüber. »Mit Ihnen habe ich schon gerechnet.« Er reichte ihnen sofort die Hand. »Moin, Clemens Möller.«

»Henning Petersen und das ist meine Kollegin Fenna Hansen.«

Clemens Möller bat die Beamten in sein Wohnzimmer. »Ich bin völlig geschockt und kann es noch immer nicht glauben, dass Otto tot ist.« Er faltete seine Hände und legte sie auf den Tisch. »Ihm ging es vor der Show schon nicht gut und ich sagte noch, dass er einen Arzt aufsuchen sollte – doch er lehnte es ab. Hat sich noch von der Sanitäterin vor der Show Aspirin geben lassen.«

»Wir haben von einer Zeugin erfahren, dass es am Nachmittag bei den Proben zu einem Streit zwischen den restlichen Darstellern und Otto Kretschmer gekommen ist. Worum ging es bei dem Streit?«, stellte Fenna ihm dieselbe Frage wie zuvor Ludger Arens. Oft kamen unterschiedliche Varianten zutage.

Clemens Möller blies die Wangen auf und ließ die Luft kurz darauf laut entweichen. »Otto war wieder mal am Rumspinnen, dass er eine Solokarriere anstrebt, weil er der Beste von uns vieren ist und er eine Menge Geld ohne uns verdienen kann. Wir haben ihn dann klipp und klar zu verstehen gegeben, dass er uns doch verlassen soll, wenn er das unbedingt will.«

»Hatte er Damenbesuch?« Fenna sah ihn fest an.

Clemens Möller musste plötzlich lachen, verstummte dann wieder recht schnell. »Entschuldigen Sie bitte, dass ich lache, aber Otto hatte stets irgendwelchen Damenbesuch oder eine Frau im Arm. Manchmal hatte er sogar zwei Beziehungen gleichzeitig am Laufen – ohne aufzufliegen. Das wäre mir echt zu heikel und anstrengend.«

Die Kommissare tauschten einen schnellen Blick aus und Fenna wiederholte ihre Frage: »Und? Hatte er auch diesmal eine Frau bei sich?«

Er schüttelte den Kopf und noch immer lag ein Grinsen auf seinem Gesicht. »Ich habe keine gesehen. Vielleicht hatte er nach der Aufführung noch in seiner Garderobe Damenbesuch, da war ich schon längst weg.«

»Ist Ihnen sonst irgendetwas aufgefallen oder hatte Herr Kretschmer mit anderen Personen Streit?«, hakte der Kommissar nach.

»Vielleicht ein betrogener Ehemann oder eine verschmähte Liebe?«, warf Fenna dazwischen.

Wieder schüttelte Clemens Möller sachte den Kopf. »Nein, tut mir leid. Ich habe mich bei seinen Frauengeschichten nie eingemischt.«

»Haben Sie eine Freundin?«, platzte es der Polizistin heraus.

Möller schaute flirtend zur Kommissarin und lehnte sich auf dem Sofa zurück. »Nein. Aber ich würde Sie sehr gern auf einen Kaffee einladen. Sie sind genau mein Typ!«

Ehe Fenna ihm eine passende Antwort geben konnte, ergriff Henning das Wort für sie: »Sie ist leider schon vergeben, Herr Möller!«

Clemens wirkte etwas verlegen und sagte: »Oh ja, das sieht man gleich, dass Sie beide ein Paar sind. Entschuldigung.«

»Ich … also … wir«, begann Fenna zu stottern, doch ihr Kollege sprang flink auf und verabschiedete sich, ohne das Missverständnis aufzuklären. Fenna eilte ihm nach und als sie vor dem Aufzug standen, verpasste sie ihm einen kameradschaftlichen Hieb gegen die Schulter. »Hey, seit wann bist du mein Freund?«

Er zog eine Braue hoch. »Habe ich dich damit vor dem blöden Kerl gerettet oder nicht?«

Es erklang ein leises *Ping* und die Lifttüren öffneten sich leicht ruckelnd. »Und was ist, wenn ich gern mit Herrn Möller einen Kaffee trinken gegangen wäre?« Fenna schenkte ihm ein schelmisches Grinsen.

Henning zeigte ihr einen Vogel und drückte auf den E-Knopf. »Du hast sie doch nicht mehr alle!«

In der nächsten Sekunde klingelte das Telefon der Kommissarin. Es dudelte das Lied *Mamma Mia* von ABBA los. Sie stieß einen genervten Seufzer aus, bevor sie den grünen Hörer drückte. »Mama, was gibt es denn? … Was? Ob ich Gummistiefel habe? Wofür brauchst du … ach so, ja, Hoschi hat schon erzählt, dass ihr eine Wattwanderung macht. Nein, ich habe keine Gummistiefel … Wieso soll ich Gummistiefel haben, nur weil ich auf Norderney wohne? Frage doch deinen neuen Freund, der ist Insulaner, der weiß bestimmt, wo man hier solche Teile kaufen kann. Muss los, tschau!« Sie drückte den roten Hörer und steckte das Telefon zurück. »Es ist echt nicht zu fassen!«, schimpfte sie vor sich hin.

»Besitzt du echt keine Gummistiefel?«, fragte Henning sie und ihr entging der Schalk in seinen graublauen Augen nicht.

»Hast du denn welche?«

»Klar!« Mehr sagte er nicht und zum Glück erreichte der Lift die unterste Etage und sie konnten aussteigen.

8. Kapitel

Der nächste Halt war das *Inselhotel Barke*. Es lag in der direkten Nähe zum Inseltheater. An der Rezeption erfuhren die Beamten die Zimmernummer von Beatrix Rakel und machten sich auf den Weg.

Vor der Tür mit der Nummer 221 blieben sie stehen und Fenna klopfte mehrmals. Es dauerte nicht lang, Schritte erklangen und eine Frau um die dreißig Jahre öffnete ihnen. Sie hatte braunes Haar, das zu einer Hochfrisur gesteckt war und eine schwarze Nerdbrille saß auf ihrer schmalen Nase. Braune Augen sahen die Beamten fragend an. »Ja, bitte?«

»Sind Sie Frau Beatrix Rakel, die Managerin der *Flotten Krabben*?« Fenna war etwas überrascht, da sie mit einer älteren Dame gerechnet hatte.

»Ja, die bin ich.« Sie beäugte die Beamten mit unverhohlener Skepsis. »Sie wünschen?«

Henning hatte seinen Ausweis gezückt. »Inselpolizei. Henning Petersen und das ist meine Kollegin Fenna Hansen. Wir möchten mit Ihnen über Otto Kretschmer sprechen.«

»Und was hat die Polizei damit zu tun?«, fragte sie in einem reservierten Ton.

»Weil Otto Kretschmer umgebracht wurde, Sie die Managerin sind und wir somit einige Fragen an Sie haben, Frau Rakel«, entgegnete die Kommissarin in einem strengen Ton.

Die braunen Augen von Beatrix weiteten sich und sie wirkte sichtlich geschockt über die Aussage. »Otto wurde umgebracht? Von wem?«

»Das versuchen wir herauszufinden. – Aber ich glaube, es ist besser, wenn wir in Ihr Zimmer gehen, oder?«, schlug der Kommissar vor.

Frau Rakel trat sofort zur Seite und wirkte nicht mehr so kühl. »Aber sicher doch, kommen Sie rein.«

Fenna wollte von ihr erfahren: »Was hat man Ihnen denn zur Todesursache gesagt?«

»Der Arzt teilte mir lediglich mit, dass es sich eventuell um einen Herzinfarkt handelt, aber die Obduktion würde den wahren Grund des plötzlichen Todes feststellen. – Und Sie sprechen jetzt von Mord?« Frau Rakel atmete mehrmals tief durch und Tränen schimmerten in ihren Augen. »Das ist ja schrecklich!«

»Wann haben Sie Herrn Kretschmer zuletzt gesehen?«, fragte Henning.

Frau Rakel ließ sich in einen Sessel fallen und starrte auf ihre Hände. »Nach dem Auftritt. Die ganze Gruppe hat sich hinter der Bühne getroffen und sich gefreut, dass das neue Programm so gut ankam. Ich bin dann gleich wieder nach vorne und habe mich mit dem Bürgermeister unterhalten.«

Der Kommissar sprach Frau Rakel auf den gesundheitlichen Zustand an, worauf sie, wie all die vorherigen befragten Personen, genau dasselbe zur Antwort gab. Otto hatte sich nicht wohlgefühlt und Aspirin eingenommen. »Und wie sah es mit Damenbesuch nach er Aufführung aus?«, fragte Henning weiter.

»Ob er gestern Abend noch welchen hatte, weiß ich leider nicht.«

»Aber Sie wissen schon, dass Otto den Ruf eines Casanovas hatte und nach den Aufführungen gern eine Dame zu sich auf die Garderobe mitnahm?«, fragte Fenna.

Es folgte ein langer Seufzer von Beatrix Rakel und ein schwaches Lächeln huschte um ihre Mundwinkel. »Ah, wissen Sie; Hunde, die bellen, beißen nicht. Otto flirtete gern und öffentlich mit dem weiblichen Geschlecht, aber im Endeffekt war er eine einsame Seele.«

Die Beamten nahmen die Aussage so hin und Henning fragte weiter: »Seit wann sind Sie die Managerin der *Flotten Krabben*?«

»Seit fast zwei Jahren.«

»Wir haben von den anderen Darstellern erfahren, dass Otto Kretschmer die Gruppe eventuell verlassen wollte, um eine Solokarriere zu starten – wissen Sie da Näheres drüber?«, wollte die Kommissarin von ihr wissen. »Ich meine, Sie als seine Managerin müssen doch in seine Pläne involviert gewesen sein, oder? »

»Ja, Otto hat mich über seine Pläne in Kenntnis gesetzt, aber ich habe ihm gesagt, dass wir das Thema gerne nach der Tour weiter besprechen können. Er sollte sich jetzt auf das neue Programm konzentrieren.«

»Und damit war er einverstanden?« Henning zog eine Braue hoch.

Beatrix Rakel zuckte mit den Schultern. »Klar, ihm blieb nichts anderes übrig – immerhin hat er einen Vertrag unterzeichnet und war somit an bestimmte Klauseln gebunden«, gab sie überzeugend von sich.

Die Kommissarin sah Frau Rakel neugierig an und fragte: »Wie geht es denn jetzt weiter mit den *Flotten Krabben*?«

»Die ganzen Auftritte werden vorerst auf Eis gelegt, ich habe keinen sofortigen Ersatz für Otto. Ich treffe mich heute Nachmittag um sechzehn Uhr im Hotel, um mit der Gruppe zu besprechen, wie es weitergehen soll. Angeblich kann der Neffe von Herrn Knudsen die Rolle kurzfristig übernehmen. Er ist Mitglied einer Theatergruppe auf dem Festland«, klärte sie die Beamten über die weitere Planung auf.

»Wie lange wollen Sie auf Norderney bleiben?« Henning hatte in der Zwischenzeit seinen Notizblock hervorgeholt und sich zu diesem Gespräch einiges aufgeschrieben. Es waren bereits mehrere Informationen zusammengekommen.

»Eigentlich wäre ich übermorgen mit der Gruppe weiter nach Juist gefahren, aber da jetzt vieles umorganisiert werden muss, werde ich wieder zurück nach Oldenburg fahren. Dort habe ich mein Büro«, sagte Beatrix Rakel.

»Fahren Sie noch heute?« Fenna deutete mit einer Kopfbewegung in Richtung roter Plastikkoffer, der am Bett stand.

»Nein. Ich bleibe die Tage noch hier, da ich mit dem Neffen von Knudsen sprechen möchte – er reist extra deswegen an«, teilte sie den Beamten mit.

»Gut. Dann wissen wir, wo wir Sie finden, falls noch Fragen aufkommen sollten, oder sollte Ihnen noch etwas einfallen, melden Sie sich bitte.« Der Kommissar nickte und die beiden verabschiedeten sich.

»Und jetzt besuchen wir das Feinkostgeschäft *Goldener Seestern*, vielleicht können die uns sagen, wer den teuren Champagner gekauft hat«, sagte Henning und öffnete per Fernbedienung das Einsatzfahrzeug.

Nach wenigen Minuten erreichten sie das Geschäft, in dem zu dieser Uhrzeit nicht viel Kundschaft anwesend war. Die Inhaberin, Frau Judith Schäfer, trat den Beamten mit einem Lächeln entgegen. »Moin, wir haben zum Glück kein Ladendiebstahl zu melden«, scherzte sie.

»Moin! Deswegen sind wir auch nicht hier«, entgegnete Fenna freundlich, holte ihr Smartphone hervor und zeigte der Inhaberin ein Foto der Champagnerflasche. »Wir möchten gerne wissen, ob Sie sich daran erinnern können, ob in den letzten Tagen jemand diese Flasche bei Ihnen gekauft hat.«

Judith Schäfer betrachtete das Foto und überlegte nicht lang. »Ja, wir haben tatsächlich gestern drei von den Flaschen verkauft.«

»Und daran können Sie sich so genau erinnern, weil …?« Der Kommissar sah sie interessiert an.

»Nun ja, bei dem Preis fällt es schon auf, wenn drei Personen am selben Tag die *Goldene Sünde* kaufen.«

»Können Sie sich auch an die Käufer erinnern?«, hakte Fenna nach und steckte das Telefon in ihre Jackentasche.

Frau Schäfer nickte und antwortete: »Es waren zwei Frauen und ein Mann. Eine der Frauen kenne ich vom Sehen her, sie arbeitet beim Norderneyer-Hilfe-Team, aber ich kenne ihren Namen nicht. Hat blondes Haar und trägt einen Pferdeschwanz. Die zweite Kundin hat sich mir als die Managerin der *Flotten Krabben* vorgestellt, Beatrix Rakel, eine sehr nette Frau. – Ja, und die dritte Person war Michael Knudsen, er ist Mitglied der Theatergruppe der *Flotten Krabben*. Ich fand es ungewöhnlich, dass gleich zwei Personen von der Gruppe eine Flasche gekauft haben. Wollten sicherlich auf die Premiere anstoßen. Die hatten doch gestern Abend einen Auftritt im Inseltheater, nicht wahr?«

Henning ergriff das Wort und sagte: »Genau, leider wurde einer der Darsteller, Otto Kretschmer, nach der Aufführung tot in seiner Garderobe gefunden. So wie es aussieht, wurde er umgebracht.«

Frau Schäfer wich einen Schritt zurück und hielt sich die Hand vor den Mund. »Oh nein, das ist ja schrecklich! Er wurde umgebracht?«

»Wir haben in seiner Garderobe eine Flasche von diesem Champagner vorgefunden und auch eine Packung mit Käsehappen. Wir gehen davon aus, dass in einem der Lebensmittel eine tödliche Substanz enthalten war«, sagte Fenna.

»Die Käsehappen hat die Dame vom NHT noch dazu genommen«, erinnerte sich Frau Schäfer. »Sie musste 495 Euro bezahlen und hat mir fünf Hunderteuroscheine gegeben. Ich kann mich daran erinnern, weil fast alle unserer Kunden nur mit Karte zahlen, außer die Dame.«

Der Kommissar hatte sich alle Informationen auf seinem kleinen Block notiert. »Gut, das wäre es fürs Erste, Frau Schäfer. Sie haben uns sehr geholfen.«

Die Beamten bedankten und verabschiedeten sich.

Henning seufzte. »Dann müssen wir wohl noch mal mit Silvia Höfner und Frau Rakel sprechen und Hoschi fragen, was er von Michael Knudsen erfahren hat.«

Fenna warf einen Blick auf ihre sportliche Armbanduhr. Es war inzwischen schon Mittag. »Der stampft jetzt mit meiner holden Mutter durchs Watt.«

»Ach ja! Und wir machen jetzt Mittag – ich habe nämlich Hunger«, sagte Henning und marschierte zum Wagen. »Auf was hast du Appetit?«

»Kuchen.«

Ihr Kollege blieb am Einsatzfahrzeug stehen und warf ihr über das Dach einen fragwürdigen Blick zu. »Du willst zum Mittag Kuchen essen?«

Fenna zuckte mit den Schultern. »Ja. Und? Was spricht dagegen?«

Ein Piepen erklang und signalisierte, dass Henning den Wagen entriegelt hatte. Er öffnete die Tür. »Das werde ich deiner Mutter sagen.«

Fenna hob mahnend den rechten Zeigefinger. »Wehe!«

Henning entschied sich bei einer Fischbude anzuhalten und sich ein Krabbenbrötchen mitzunehmen und Fenna flitzte zum nahe gelegenen Bäcker und holte sich ein Stück Kuchen.

Sie fuhren zurück zur Polizeistation und parkten auf dem Hof.

»Hey, was wird denn da gebaut?« Fenna blieb neugierig stehen.

Auf der gegenüberliegenden Seite des Polizeigebäudes waren einige Bauarbeiter fleißig dabei, die Erde freizuschaufeln. Ehe Henning etwas sagen konnte, stand seine Kollegin bereits bei den Herren und fragte: »Moin! Was buddelt ihr denn hier für ein Loch?«

Einer der Bauarbeiter stützte sich auf dem Spaten ab und grinste die Polizistin neckisch an. »Moin Frau Kommissarin! Hier entsteht eine Bücherei.«

»Bücherei?«, wiederholte Fenna skeptisch.

»Es wird ein Glaskasten aufgestellt, in den jeder seine Bücher reinstellen kann, die er nicht mehr haben möchte und andere können sich dann einfach eins rausnehmen«, erklärte der andere Mann.

»Ah ja, das gibt es schon in mehreren Städten. Tolle Idee! Dann weiß ich ja, wo ich mir ein paar Schmöker ausleihen und ein paar alte Schinken von mir reinstellen kann.« Fenna hob die Hand. »Na dann: frohes Schaffen, die Herren!« Sie ging zur Polizeistation und eilte die paar Stufen zum Eingang empor. Henning war inzwischen in der Küche und genoss dort sein Krabbenbrötchen. »Und? Was wird da gebaut?«, wollte er von seiner Kollegin erfahren.

Fenna holte sich einen Teller aus dem Schrank und legte ihr Stück Kuchen drauf. Sie hatte sich für eine Schnecke entschieden. »Ein Bücherschrank.«

»Ein Bücherschrank?«, wiederholte Henning.

»Ja. Dort können Leute all ihre Bücher abgeben, die sie nicht mehr haben möchten und wiederum andere, holen sich ein Buch heraus. Wie eine Bücherei, nur ohne Mitgliedschaft und Kosten. Da kann ich meine alten Schinken loswerden und vielleicht ein neues Buch für mich entdecken.«

»Seit wann liest du?« Ihr Kollege blickte sie zweiflerisch an.

»Seit meinem sechsten Lebensjahr«, haute sie ihm um die Ohren und goss sich eine Tasse Kaffee ein.

»Moin! Guten Hunger! – Und? Konntet ihr schon was in Erfahrung bringen?« Theo Wiemer erschien in der Küche.

Da Henning gerade den Mund voller Krabben hatte, gab Fenna dem Hauptkommissar Antwort. Sie brachte ihn auf den neusten Stand. »Also besuchen wir gleich noch einmal die Managerin Beatrix Rakel und Silvia Höfner. Die kam mir gleich so komisch vor.«

»Inwiefern?«, wollte Henning wissen und tupfte sich mit einer Serviette den Mund ab.

»Als Silvia Höfner von den ganzen Damen berichtet hat, die Otto stets um sich hatte, wirkte sie eifersüchtig und wütend – so, als wäre sie ihm auch schon mal auf den Leim gegangen«, äußerte die Kommissarin ihre Vermutung.

Theo Wiemer klatschte in die Hände und sagte im Weggehen: »Na, das hört sich doch schon mal nach einem Motiv an.«

»Und als Sanitäterin kommt sie bestimmt eher an Mittel, die tödlich sind, oder?«, gab Fenna zu bedenken.

Henning fügte seine Gedanken hinzu: »Und sie könnte das Mittel anhand einer Spritze durch den Korken in den Champagner geführt haben. – Ich rufe bei der Kriminaltechnik an, die sollen sich den Korken mal genauer unter die Lupe nehmen. Vielleicht finden sie Einstiche.« Er eilte sofort zu seinem Schreibtisch und erledigte das Telefonat.

Fenna schlenderte mit Kaffee und Kuchen zu ihrem Arbeitsplatz und hatte sich gerade das letzte Stückchen in den Mund gesteckt, als die Stimme ihrer Mutter zu ihr schallte. »Ach war das herrlich, Fen!«

9. Kapitel

Fenna wischte sich flink über den Mund und warf eine Mappe über den Teller. Ihre Mutter sollte auf keinen Fall sehen, dass sie nur Kuchen zum Mittag zu sich genommen hatte. Sie kaute und schluckte den letzten Bissen hinunter. »Mama! Ihr seid schon zurück?«

Frau Hansen nahm auf dem Stuhl Platz, der neben dem Schreibtisch ihrer Tochter stand. Sie hob die Beine und wackelte mit ihren Füßen, an denen rosafarbene Gummistiefel zu sehen waren. »Schau mal, sind die nicht hübsch? Hoschi kannte die Inhaberin des Ladens und somit habe ich 30 Prozent erhalten – waren ein Schnapper!«

»Sehen toll aus!« Und in Gedanken fügte Fenna hinzu: Welche Frau kennt Hoschi auf der Insel eigentlich nicht? Kein Wunder, dass er Otto Kretschmer kannte.

»Ja, du hättest sie mal nach der Wattwanderung sehen müssen, alles voller Schmodder und Matsche. Aber es gibt dort einen Wasserschlauch, damit sich jeder die Schuhe säubern kann. – Warst du schon mal im Watt?«, fragte ihre Mutter.

Fenna schüttelte den Kopf. »Noch nicht zu gekommen.« Und bevor ihre Mutter wieder eine Diskussion mit ihr anfangen würde, fügte Fen schnell hinzu: »Ist aber schon geplant!«

Mit der Antwort gab sich Lena Hansen tatsächlich zufrieden und stand wieder auf. »Dann will ich euch nicht länger bei der Arbeit stören. Ich wollte mich nur erkundigen, ob ihr schon was in Erfahrung bringen konntet.«

Henning antwortete fix: »Wir sind da was ganz Heißem auf der Spur! – Weißt du, wo Hoschi ist?«

»Der wollte noch eben einkaufen und dann hierherkommen.« Lena Hansen schlenderte in Richtung Ausgang.

»Möchtest du heute Abend meine Wohnung sehen? Wir könnten was zusammen essen«, rief Fenna ihrer Mutter zu.

»Sehr gern. Hast du eine Küche?«

»Natürlich habe ich eine Küche«, erwiderte die Kommissarin.

»Sehr schön, dann kaufe ich was Leckeres ein und koche für uns.«

»Gut. Dann hole ich dich um neunzehn Uhr bei der Pension ab. Schickst du mir noch die Adresse?«

»Ja, mache ich! Tschüss!« Lena Hansen hob die Hand und entschwand in ihren rosa Gummistiefeln aus der Wache.

Fenna blickte ihr nach und schüttelte lachend den Kopf.

Es dauerte keine zehn Minuten und Hoschi betrat die Polizeistation. Er hatte seine Gummistiefel gegen Turnschuhe getauscht und trug private Kleidung. »Moin! Ich wollte euch noch eben über mein Gespräch mit Michael Knudsen informieren.«

»Dann leg mal los!«, sagte Henning und lehnte sich in seinem Bürostuhl zurück.

Hoschi begann zu berichten: »Knudsen hat gesagt, dass die Gruppe sich am Nachmittag bei den Proben gestritten hat, weil Otto wohl wieder von irgendwelchen Soloprojekten sprach und die Gruppe verlassen wollte.«

»Das haben wir auch von den anderen beiden bestätigt bekommen und sogar von der Managerin Beatrix Rakel«, warf Fenna dazwischen. »Aber das hat er wohl öfter seinen Kollegen gegenüber geäußert.«

Hoschi nickte und fuhr fort. »Ja, aber diesmal wollte Otto die Gruppe wirklich verlassen! Deshalb hat Michael Knudsen seinen Neffen Mats nach Norderney eingeladen, da er in einer Theatergruppe spielt und die Rolle übernehmen kann. Er lebt in Lütetsburg, arbeitet als IT in einer Baufirma in Norden und die beiden wollen sich morgen mit Frau Rakel treffen.«

»Das hat uns Frau Rakel ebenfalls mitgeteilt, bei ihr klang es aber eher so, als wäre der Vorschlag mit dem Neffen erst jetzt entstanden. Und wie haben die Darsteller das aufgenommen? Ich meine, Otto schien ja der Star in der Gruppe zu sein?«, fragte Henning seinen Kollegen.

Hoschi kratzte sich die Stirn. »Laut Knudsen wusste nur er davon. Otto war zu ihm gegangen und hat ihm das im Vertrauen erzählt, damit er seinen Neffen in die Gruppe holen kann.«

»Wir haben heute erfahren, dass drei Personen am selben Tag eine Flasche von dem teuren Champagner gekauft haben, darunter war auch Michael Knudsen. Die Managerin Beatrix Rakel, hatte sich der Ladenbesitzerin sogar persönlich vorgestellt und bei der dritten Person, gehen wir davon aus, dass es sich um die Sanitäterin Silvia Höfner handelt, die abends im Inseltheater Dienst hatte. «, unterrichtete Fenna den Polizeimeister.

»Moin, zusammen!«, erklang die freundliche Stimme von Bruni Wiemer. Die Frau vom Hauptkommissar war als Verwaltungsangestellte in der Station für einige Stunden in der Woche tätig.

Bruni Wiemer versorgte die Mannschaft nicht nur mit neuem Büromaterial, Toilettenpapier, Munition für die Waffen und Kaffee, sondern brachte stets irgendwelche Leckereien mit. So auch diesmal. Bruni hielt ein Blech in der Hand, auf dem sich lecker duftender Apfelkuchen befand. »Ich habe auch frische Sahne dabei!« Die Frau des Hauptkommissars lief an den Beamten vorbei und ging in die Küche.

Das ließ Hoschi sich nicht zweimal sagen und eilte der Dame hinterher.

»Sag mal, spinne ich? War Hoschi mit seinem Bericht schon fertig?« Fenna blickte ihrem Kollegen kopfschüttelnd hinterher.

»Tja, immer dieser Kuchen. Du hattest ja schon einen für heute«, sagte Henning und grinste sie dabei frech an.

Fenna zog ihre Schreibtischschublade auf und holte eine mittelgroße Frischhaltebox hervor. »Ich habe ja dazugelernt. Und Kuchen geht wirklich immer.«

Nach wenigen Minuten erschien Hoschi mit einem Stück Kuchen auf der Hand und ging schnurstracks an ihnen vorbei, in Richtung Ausgang. »Schönen Abend noch, wir sehen uns morgen!«

»Hast du uns noch was zu erzählen?«, rief Fenna ihm nach.

»Nein!«, kam es zurück.

Henning warf einen Blick zur Uhr. »Komm, wir reden zuerst mit Silvia Höfner.«

»Jep, einen kleinen Moment!« Die Kommissarin eilte mit der Frischhaltebox in die Küche und packte sich zwei Stücke vom Blechkuchen ein. Zurück an ihrem Schreibtisch steckte sie es in ihren Rucksack. »Den vergesse ich nicht.« Ihr war gleich in der ersten Dienstwoche ein Malheur passiert. Fenna hatte sich ein belegtes Käsebrötchen in einer neuen Frischhaltebox im Schreibtisch gebunkert und es leider vergessen. Nach einigen Tagen begann es in der Polizeistation zu stinken und jeder suchte nach der Ursache. Unauffindbar. Bis Hoschi mit dem Nachbarshund Bärbel um die Ecke kam und die Fellnase sofort zu Fennas Schreibtisch stürmte. Die ekelige Ursache war das vergessene Käsebrötchen und Fenna die Lachnummer auf immer und ewig. Das sollte ihr nicht noch einmal passieren.

Als die Polizisten das NHT-Gebäude erreichten, kam Silvia Höfner gerade die Treppen hinunter und ging zu ihrem Fahrrad.

»Frau Höfner, wir haben noch einige Fragen an Sie!«, rief Fenna ihr zu.

»Tut mir leid, ich habe keine Zeit!« Sie öffnete das Schloss und stellte ihre Tasche in den Korb.

Henning versperrte ihr den Weg. »Die Zeit müssen Sie sich aber nehmen, Frau Höfner.«

Es folgte ein genervter Seufzer und genauso blickte sie die Beamten an. »Was wollen Sie denn noch von mir? Ich habe Ihnen bereits alles gesagt.«

Fenna ging auf ihre zickige Art nicht näher ein und sagte: »Sie haben an dem Tag, an dem Otto Kretschmer gestorben ist, beim Feinkostgeschäft *Goldener Seestern* eine sehr teure Flasche Champagner und Käsehappen gekauft. Für wen waren die Sachen?«

»Was hat das denn mit dem Tod von Otto zu tun? – Und wie kommen Sie darauf, dass ich in dem überteuerten Laden was kaufe?«, entgegnete Silvia schnippisch.

»Weil die Verkäuferin sich an Sie erinnern kann – immerhin hat die Flasche 450 Euro gekostet, und die Käsehappen 45 Euro. Sie haben mit fünf Hunderteuroscheinen bezahlt.«

Silvia Höfner wurde sichtlich nervös. »Da muss mich die Verkäuferin mit einer anderen Frau verwechseln. Ich gebe doch nicht fünfhundert Euro für Otto Kretschmer aus … warum sollte ich auch?«

Die Kommissarin konfrontierte Silvia Höfner mit ihrer Vermutung. »Kann es sein, dass Sie ebenfalls dem Charme von Otto Kretschmer erlegen sind und ihn nach der Aufführung in seiner Garderobe besucht haben? Sie haben ihm den teuren Champagner und die Käsehappen geschenkt.«

»Sie können mir gar nichts beweisen – nur weil Sie in seiner Garderobe eine leere Flasche von der Blubberbrause gefunden haben, heißt es nicht, dass ich ihn getötet habe!«

»Woher wissen Sie, dass die Flasche leer war, Frau Höfner?«, fragte die Kommissarin.

Silvia nagte an ihrer Unterlippe und wollte aufs Rad aufsteigen, doch Henning hielt den Lenker fest. »Wie wäre es, wenn Sie uns auf die Polizeistation begleiten und uns erzählen, was an dem Abend wirklich passiert ist?«

Die Sanitäterin starrte die Kommissare aus geweiteten Augen an. »Ich habe Otto nicht getötet! Das müssen Sie mir glauben! Und dass die Flasche leer war, habe ich nur geraten.«

Henning ließ den Lenker los und trat einen Schritt zurück. »Sie können fahren, Frau Höfner.«

Das ließ die gute Dame sich nicht zweimal sagen, schwang sich aufs Rad und eilte davon.

»Ich dachte, sie soll mit auf die Wache? Die lügt doch, wenn sie nur den Mund aufmacht.« Fenna schaute ihren Kollegen verwirrt an.

»Wir warten das Obduktionsergebnis ab und zeigen Frau Schäfer vom Feinkostgeschäft ein Foto von Silvia Höfner. – Und ich stimme dir zu – sie hat gelogen.«

»Und was machen wir jetzt?«

Henning schaute auf seine Uhr. »Es ist gleich sechzehn Uhr dreißig, treffen sich jetzt nicht alle Darsteller mit der Managerin im Hotel? Wir stören die Besprechung und stellen ihnen alle gemeinsam einige Fragen. – Wer weiß, vielleicht verplappert sich einer von ihnen?«

»Okay, dann mal los!«

Die beiden stiegen in den Wagen und fuhren zum *Inselhotel Barke*. An der Rezeption erfuhren sie, dass die Besprechung in dem kleinen Seminarraum Nummer 1 stattfand.

Fenna blieb vor der Tür stehen, auf der eine goldene Eins zu sehen war und klopfte an, dann traten die Polizisten ein und blickten in überraschte Gesichter. »Moin, zusammen! Ich hoffe, wir stören nicht?«

Frau Rakel lächelte etwas verhalten. »Aber nein, kommen Sie rein.«

Henning schloss nach sich die Tür.

Clemens Möller fragte als Erster der Anwesenden: »Haben Sie in der Zwischenzeit schon was in Erfahrung bringen können?«

»Wir sind da etwas Heißem auf der Spur«, verwendete Fenna die Worte, die Henning schon bei ihrer Mutter angewandt hatte, um sie ruhig zu stellen. Über laufende Ermittlungen durfte die Polizei kein Sterbenswörtchen verlieren. »Wir sind eigentlich hier, in der Hoffnung, dass Ihnen noch etwas eingefallen ist.«

Ratlose Gesichter und allgemeines Schulterzucken war die Antwort.

»Wir haben eine sehr teure Flasche Champagner und Käsehappen in der Garderobe von Herrn Kretschmer gefunden. War das üblich für ihn, sich so teure Sachen zu besorgen? Beziehungsweise, dass er sie von anderen Personen, insbesondere von Frauen, geschenkt bekommen hat?«, richtete der Kommissar seine Fragen an die Gruppe.

Michael Knudsen senkte sofort den Blick. Clemens Möller kniff die Lippen zusammen und Ludger Arens starrte auf seine Hände. Keiner sagte etwas dazu.

Henning wandte sich an Frau Rakel. »Und Sie als seine Managerin? Wissen Sie vielleicht, ob Herr Kretschmer sich die teure Flasche selber gegönnt hat?«

Beatrix Rakel schüttelte den Kopf. »Nein, tut mir leid, ich hatte keine Ahnung, dass Otto eine Vorliebe für Champagner oder Käsehappen hatte.«

Fenna verschränkte die Arme und sagte: »Ist schon seltsam, denn Sie, und auch Herr Knudsen, haben am Todestag von Herrn Kretschmer jeweils so eine teure Flasche im *Goldenen Seestern* gekauft. – Darf ich fragen, für wen die kostspielige Flasche war?«

Jetzt waren alle Augen auf die beiden genannten Personen gerichtet und es wurde vor sich hingemurmelt.

»Und? Ich höre?« Die Kommissarin ließ ihren fragenden Blick durch die Runde gleiten.

Michael Knudsen räusperte sich mehrmals und bevor er antworten konnte, ergriff die Managerin das Wort: »Nur unter vier Augen.«

Blitzschnell fügte Knudsen hinzu: »Ich auch – also – unter vier Augen.«

Clemens Möller und Ludger Arens tauschten entsetzte Blicke aus.

»Gut, sehr gern – möchten Sie mit auf die Polizeistation, oder möchten Sie hier mit uns sprechen?«, fragte der Kommissar.

»Unser Treffen ist eh zu Ende, wir können gerne hierbleiben«, entschied die Managerin.

Henning schaute durch die Runde. »Dann können Sie Herr Möller und Sie Herr Arens gehen und Herr Knudsen bleibt noch hier.«

Die beiden Männer standen langsam auf und wirkten noch immer sichtlich geschockt. »Hat einer von euch etwa Otto getötet?«, kam es über die Lippen von Clemens, kurz bevor er die Tür erreichte.

»Was? Nein! Ich habe Otto nicht getötet!«, stritt Michael Knudsen energisch ab.

Frau Rakel wirkte ruhiger. »Nein, natürlich nicht.«

»Und warum wollt ihr beide dann allein unter vier Augen mit der Polizei sprechen?«, hinterfragte Ludger.

»Weil es nicht für eure Ohren bestimmt ist«, entgegnete die Managerin mit fester Stimme. »Wir sehen uns morgen«, fügte sie freundlich hinzu.

Clemens und Ludger nickten und verließen den Raum.

»So, Herr Knudsen, würden Sie dann auch den Saal verlassen und draußen auf uns warten«, ordnete Fenna an.

»Michael kann bleiben – er weiß eh alles«, brachte Frau Rakel vor.

Die Polizisten warfen sich fragende Blicke zu.

Michael Knudsen bestätigte die Worte mit einem Nicken.

Fenna seufzte leise. »In Ordnung. Dann möchten wir gerne von Ihnen erfahren, warum sie jeweils die teure Flasche gekauft haben?«

Frau Rakel schob den Stuhl zurück und überschlug elegant die Beine. »Ich habe die Flasche gekauft, da ich mit Otto seinen Solovertrag feiern wollte. Sie ist noch oben auf meinem Zimmer. Ich war in dem Feinkostgeschäft und habe mich sogar mit Frau Schäfer, der Inhaberin, über Otto Kretschmer unterhalten, und sie hat mir die Sorte empfohlen.«

Fenna ging schnell in Gedanken das Zimmer von Frau Rakel durch. Als sie die Dame heute besucht hatten, war ihr keine Champagnerpulle aufgefallen. »Wo steht die Flasche denn genau?«

»Na ja, noch im Kühlschrank – ich wollte sicherlich nicht mit einer warmen Champagnerflasche bei Otto auftauchen.«

Ah ja, der Zimmerkühlschrank, an den hatte Fenna nicht gedacht. »Gut. Wir kontrollieren das gleich. – Und Sie, Herr Knudsen? Warum haben Sie so viel Geld für Otto Kretschmer ausgegeben?«, richtete sie die Frage an ihn.

»Weil er mir im Vorfeld gesagt hat, dass er die Gruppe diesmal wirklich verlassen will und ich somit meinen Neffen für ihn als Ersatz, vorstellen kann. Ich habe die Flasche als Dankeschön gekauft. Es ist seine Lieblingsmarke.«

»Seine Lieblingsmarke?«, wiederholte die Kommissarin interessiert. »Wussten das auch andere Personen?«

»Nun ja, das kann ich Ihnen nicht genau beantworten. Otto hat immer eine Kiste bei sich zu Hause im Keller stehen. Er nimmt manchmal eine Flasche mit und genießt sie in Gesellschaft einer Dame in seiner Garderobe. Jedenfalls war es auf der letzten Tour so und wie ich Otto kenne, hat er es nicht geändert«, klärte Michael die Beamten auf.

»Das vergrößert natürlich den Kreis der Verdächtigen«, säuselte Henning vor sich hin, doch Fenna hatte ihn verstanden und nickte.

»Meine Flasche steht übrigens auch noch zu Hause. Ich wollte sie gemeinsam mit meinem Neffen überreichen«, sagte Michael Knudsen.

»Und Sie, als seine Managerin wussten nicht, dass Herr Kretschmer diese Marke bevorzugt hat?«, hakte die Kommissarin nach.

Beatrix Rakel schüttelte den Kopf. »Nein. Wie schon gesagt, Frau Schäfer hat mir den guten Tropfen empfohlen. Das kann sie Ihnen bestätigen.«

Henning Petersen fuhr fort und wollte wissen: »Haben Sie sonst jemanden an dem Abend gesehen, der Otto so eine Flasche überreicht hat? Oder nachmittags bei der Probe?«.

Die Befragten hüllten sich einige sekundenlang in Schweigen und schüttelten gleichzeitig den Kopf. »Nein, tut mir leid«, antwortete Frau Rakel zuerst und Michael Knudsen fügte hinzu: »Nein, ich auch nicht. – Aber warten Sie, mir fällt just ein, dass ich Otto mit Silvia Höfner gesehen habe. Die beiden haben sich gestritten.«

Henning und Fenna wurden hellhörig und der Kommissar fragte: »Die Sanitäterin – mit der hat Otto Kretschmer sich gestritten? Haben Sie zufällig gehört, worum es da ging?« Dass es sich bei der NHT-Ersthelferin um eine Verdächtige handelte, erwähnten die Polizisten vorerst nicht.

Knudsen zog die Schultern hoch. »Nicht wirklich – die beiden standen zu weit weg, aber an der Gestik und Mimik von Silvia konnte ich erkennen, dass das Gespräch nicht freundlich verlief. Und Otto schien ziemlich genervt zu sein.«

Der Kommissar notierte sich erneut die Informationen. »Danke, wir werden Ihren Hinweisen nachgehen. Dann zeigen Sie uns mal den edlen Tropfen, Frau Rakel.«

Die Flasche stand im Kühlschrank der Managerin und wurde zur Sicherheit als Beweismittel in eine Tüte gesteckt und mitgenommen. Danach fuhren sie zu Herrn Knudsen und auch dort war der Champagner unversehrt vorhanden.

»Bekomme ich die wieder? – Ich meine, die hat eine Stange Geld gekostet.« Herr Knudsen sah die Beamten verlegen an.

»Sicher, sobald der Fall abgeschlossen ist, können Sie das Getränk genießen«, versicherte Fenna ihm und die beiden verabschiedeten sich.

Auf dem Weg zur Polizeiwache bat Fenna ihren Kollegen, noch eben bei einem Bäcker anzuhalten. »Ich habe Hunger.«

Henning zog skeptisch eine Braue hoch. »Hunger? Das kommt davon, wenn man zum Mittag nur eine Schnecke vertilgt.«

»Ach! Und du meinst, ein Krabbenbrötchen hält länger vor, oder was?«, konterte sie und ehe ihr Kollege etwas darauf erwidern konnte, eilte sie aus dem Wagen und kam wenige Minuten später mit einer Laugenbrezel zurück.

»Denk dran, deine Mutter kocht heute Abend für dich. – Hast du überhaupt eine Küche?«, zog er sie mit einem schelmischen Lächeln auf.

»Erstens: ist es nur eine Laugenbrezel. Zweitens: esse ich erst gegen zwanzig Uhr. Und drittens: habe ich eine Küche, in der du bereits gesessen hast, nachdem du mir alle Magnettafeln an die Wand gebracht hast.«

Er warf ihr einen Blick von der Seite zu und fragte mit einem ironischen Unterton: »Warum sammelst du noch mal diese kitschigen Teile?«

Fenna biss genüsslich in die Brezel und konterte mit vollem Mund: »Waruschm nosch mahl hascht du misch zu disch auf die Inschel geholt?«

Es folgte ein lauter und verzweifelter Seufzer. »Das frage ich mich, seitdem du hier bist. Mich muss der Teufel geritten haben, Fen! Und ab 200 Gramm im Mund wird es unverständlich.«

Sie zog eine Grimasse und kaute grinsend auf der Laugenbrezel.

10. Kapitel

Auf der Polizeistation angekommen, trat Hauptkommissar Wiemer den beiden entgegen und schaute sie gebannt an. »Und? Was habt ihr herausgefunden?«

Fenna ließ sich auf ihren Stuhl fallen und legte den Rest ihrer Laugenbrezel auf den Tisch. »Eigentlich nichts, also nichts Besonderes.«

Theo Wiemer verschränkte die Arme vor der Brust und zog die rechte Braue hoch. »Das ist nicht wirklich viel. Gibt es denn gar keine Anhaltspunkte oder Hinweise, die zum Täter oder Täterin führen können?«

Henning informierte Wiemer über die jetzigen Ergebnisse und das Silvia Höfner im Moment zu den verdächtigen Personen gehörte. »Liegt denn immer noch nicht der Obduktionsbericht vor?«

Theo Wiemer machte auf den Absatz kehrt und sagte im Weggehen: »Ich mache noch mal Druck bei den Jungs in Oldenburg! Und ihr ladet Silvia Höfner vor!«

»Sir, jawohl, Sir!«, rief Fenna und salutierte zum Spaß. Dann wandte sie sich an ihren Kollegen. »Ich werde mal ein Bild von Silvia Höfner suchen und noch schnell zum *Goldenen Seestern* fahren, um es Frau Schäfer zu zeigen.«

Henning bestätigte ihr Vorhaben lediglich durch ein Nicken und widmete sich dem nervigen Papierkram zu, der bei solch einem Ereignis anfiel.

Fenna rief im Internet die Seite des Norderneyer-Hilfe-Teams auf und fand schnell ein Bild von Silvia Höfner. Sie fotografierte es ab. »So, ich bin eben weg – bis gleich!« Sie schnappte sich den Rest der Laugenbrezel und beschloss, mit dem Rad zum Feinkostgeschäft zu fahren.

Nach zwanzig Minuten war sie schon wieder zurück und grinste ihren Kollegen triumphierend an. »Die Inhaberin hat Silvia Höfner ohne mit der Wimper zu zucken erkannt. – Ich bestelle sie dann mal hierher.«

»Und ich habe in deiner Abwesenheit die Nachricht von der Forensik erhalten, dass jemand mit einer Nadel durch den Korken gestochen hat«, berichtete Henning. »Es wird somit eng für Frau Höfner.«

Nach dreißig Minuten erschien, eine nicht gerade glücklich wirkende Frau Höfner auf der Polizeistation. »Was wollen Sie denn noch von mir?«, blökte sie die Beamtin unfreundlich an.

»Schön, dass Sie es so schnell einrichten konnten, Frau Höfner. Darf ich bitten, wir gehen in einen Raum, indem wir ungestört reden können«, erwiderte Fenna freundlich und zeigte die Richtung an, in der sie gehen sollte. »Es haben sich noch ein paar neue Fragen zu dem Mordfall an Otto Kretschmer ergeben.«

Silvia Höfner beäugte die Kommissarin skeptisch und blieb einfach stehen.

Henning stellte sich demonstrativ hinter die Frau und übte durch seine Größe und sportlicher Statue, Druck auf sie aus. »Wollen wir dann?«

Es folgte ein mürrisches Brummen und Silvia Höfner folgte der Kommissarin in den Raum.

»Bitte, nehmen Sie doch Platz.« Fenna setzte sich an den kleinen weißen Tisch, der mitten im Raum stand und Henning blieb an der geschlossenen Tür stehen.

Silvia setzte sich widerwillig und verschränkte die Arme vor der Brust. »Ich weiß immer noch nicht, was ich mit dem Mord an Otto Kretschmer zu tun haben soll.«

»Die Inhaberin des Feinkostgeschäftes konnte mir bestätigen, dass Sie eine Flasche Champagner und eine Schachtel Käsehappen am Tag des Todes von Herrn Kretschmer gekauft haben. Hinzu kommt, dass ein Zeuge Sie nachmittags bei den Proben gesehen hat und Sie sich mit dem Opfer gestritten haben. – Sie waren in Otto Kretschmer verliebt, aber er hat Ihnen das Herz gebrochen, nicht wahr?«, begann die Kommissarin.

Silvia Höfner verzog das Gesicht und Fenna konnte an ihrer Mimik erkennen, dass sie ins Schwarze getroffen hatte, und fuhr mit ihrer Theorie fort. »Und dann haben Sie ihm abends die Flasche Champagner und die Käsehappen in die Garderobe gebracht und vorher mit einer Spritze eine tödliche Substanz durch den Korken in die Flüssigkeit gegeben.«

Kurze Stille.

Silvia schüttelte den Kopf und lachte hart. »So ein Blödsinn!«

»Die Forensik hat uns bestätigt, dass es Einstiche im Korken der Flasche gibt – also wurde dem Champagner ein Mittel zugeführt. –

Mit was haben Sie Herrn Kretschmer vergiftet, Frau Höfner?« Die Kommissarin fixierte sie mit ihrem Blick.

»Und warum soll ausgerechnet *ich* es gewesen sein? Hä? Nur weil ich Sanitäterin bin? Spritzen kann man sich in jeder Apotheke kaufen.« Sie beugte sich der Kommissarin entgegen und sah sie aus schmalen Augen an. »Und ich habe keinen Grund gehabt, Otto zu töten.«

»Und warum haben Sie sich dann mit ihm gestritten?«, richtete der Kommissar die Frage an Silvia Höfner.

Die Verdächtige wurde nervös, rieb sich die Stirn und hüllte sich in Schweigen.

Die Kommissarin fuhr fort: »Sie, als Sanitäterin haben Zugang zu Mitteln, die anderen verwehrt bleiben. – Was haben Sie in den Champagner gespritzt, Frau Höfner!«, wiederholte sie.

Silvia Höfner nahm Haltung an und legte die Hände auf den Tisch. »Ich will einen Anwalt!«

»Selbstverständlich. Kommen Sie mit, dann können Sie telefonieren«, sagte Fenna zu ihr und führte Frau Höfner in einen anderen kleinen Raum, indem die Verdächtige allein mit ihrem Anwalt sprechen konnte. Das Telefonat dauerte nicht lang und Silvia Höfner wurde in eine der Arrestzellen geführt.

Fenna setzte den Hauptkommissar in Kenntnis und schlug vor: »Wir benötigen einen Durchsuchungsbefehl für die Wohnung von Silvia Höfner – wer weiß, vielleicht finden wir dort das Mittel oder irgendwelche Hinweise, dass sie und Otto wirklich eine Beziehung hatten.«

Theo Wiemer saß hinter seinem Schreibtisch, vor ihm stand ein Teller mit Apfelkuchen und Sahne, wobei mehr Sahne zu sehen war als Apfelkuchen. Eine dampfende Tasse mit heißem Kaffee hielt er bereits in der Hand. »Ich werde mich sofort mit dem Staatsanwalt in Verbindung setzen. Die Beweislage ist sehr dünn. Frau Höfner hat recht, Spritzen und Gift kann man sich heutzutage sehr schnell selbst besorgen.«

Die Kommissarin rieb sich die Stirn und seufzte. »Ja, aber sie ist im Moment die einzige Hauptverdächtige in dem Fall. Wir müssen halt jeder Spur nachgehen.«

Wiemer nippte am Kaffee. »Wie gefällt deiner Mutter denn unsere Insel?«, wechselte er schlagartig das Thema.

Fenna stutzte im ersten Moment. »So, wie ich das einschätzen kann, sehr gut.« In Gedanken fügte sie ein *viel zu gut*, hinzu.

Der Hauptkommissar stopfte sich ein Stück Kuchen in den Mund und kaute genüsslich darauf herum. Er hatte aber weniger als 200 Gramm im Mund und somit konnte er noch deutlich sprechen. »Das freut mich zu hören! – Bring doch deiner Mutter ein Stück Kuchen mit. Es müsste noch was da sein.«

»Mache ich!« Die Kommissarin grinste gespielt und machte auf dem Absatz kehrt. Spaßeshalber ging sie in die Küche und tatsächlich, war noch Kuchen auf dem Blech vorhanden. Es lag sicherlich daran, dass Hoschi heute Nachmittag keinen Dienst hatte.

Die beiden Polizisten erledigten einiges an Papierkram und gingen die Notizen vom heutigen Tag durch. Wie der Hauptkommissar bereits erwähnt hatte – die Beweise, die Silvia Höfner als Täterin überführen könnten, waren sehr dünn. In der Zwischenzeit hatte ihr Kollege Timo Klein die Fingerabdrücke von Frau Höfner genommen und jetzt hieß es erneut, auf das Ergebnis zu warten. Und der Durchsuchungsbefehl, die Wohnung von Frau Höfner zu inspizieren, stand ebenfalls noch aus. Heute wurde das eh nichts mehr und so beschlossen die beiden, pünktlich Feierabend zu machen.

»Dann wünsche ich dir einen schönen Abend mit deiner Mutter!«, rief Henning ihr zu und verschwand auf seinem Rad um die nächste Straßenecke.

»Danke! Dir auch einen schönen Abend!« Da Fenna ihre Mutter um neunzehn Uhr von der Pension abholen wollte, und es erst halb sechs war, beschloss sie noch etwas durch die Einkaufsstraße zu schlendern. Es lohnte sich nicht für sie, erst nach Hause zu gehen.

Vor einem Schaufenster, dass zum Schmuckgeschäft *Wahre Schätze* gehörte, blieb Fenna stehen und ließ ihren Blick durch die Auslage schweifen. Durch laute Stimmen, die aus dem Inneren des Geschäftes zu ihr nach draußen drangen, hob sie den Blick und entdeckte die Ehefrau von Herrn Arens. Sie befand sich offenbar in einer hitzigen Diskussion mit der Verkäuferin. Worum es dabei ging, konnte Fenna nicht verstehen.

»Suchst du etwa schon Eheringe für dich und dem Doc aus?«, erklang die tiefe Stimme von Hoschi neben ihr.

Fenna erschrak und blickte in ein breit grinsendes Gesicht. Sie spürte doch tatsächlich einen Hauch Rosa auf ihren Wangen und räusperte sich schnell. »Klar – welchen findest du denn am schönsten?«, fragte sie lächelnd.

Das Grinsen verschwand aus dem Gesicht ihres Kollegen und er antwortete: »Ach, heiraten wird völlig überbewertet – bleib lieber Single, erspart dir viel Kummer und Ärger. – Außer bei deinen Eltern, da scheint es zu funktionieren.«

Fenna war über seine Äußerung sichtlich überrascht. »Bei meinen Eltern?« Was um Himmels willen, hatte ihre Mutter Hoschi denn über deren Ehe erzählt?

Sie hatte anscheinend ein so komisches Gesicht gemacht, dass Hoschi ihre Gedanken erriet und diese mit einer laschen Handbewegung verscheuchte. »Fen! Ich will doch nichts von deiner Mutter und deine Mutter auch nicht von mir. Wir verstehen uns einfach sehr gut und sie konnte mir sogar helfen. Sie kann sehr gut zuhören und hat mich wieder auf den richtigen Weg gebracht.«

Diese Worte zauberten umgehend ein Lachen auf ihr Gesicht und ein Stein der Sorge, fiel von ihrem Herzen. »Tja, das liegt wohl daran, dass sie mit einem Pastor verheiratet ist. – Was übrigens schon auf dich abgefärbt hat.« Die Worte bezog sie auf den letzten Satz, den Hoschi gesagt hatte.

Ihr Kollege kratzte sich die Stirn und sagte aufrichtig: »Deine Mutter ist eine echt tolle Frau, Fen, genau wie du. Schönen Abend noch, wir sehen uns morgen!«

Ehe Fenna etwas erwidern konnte, tauchte Hoschi in der Menge der Passanten unter und die Tür des Ladens wurde geöffnet. Eine wütende Frau Arens stürmte an der Kommissarin vorbei, ohne sie wahrgenommen zu haben.

Ein Blick auf die Uhr sagte ihr, dass sie sich auf den Weg zur Pension ihrer Mutter aufmachen konnte. Irgendwie hatte Fenna ihrer Mutter gegenüber ein schlechtes Gewissen, weil sie tatsächlich geglaubt hatte, dass ihre Mutter mit Hoschi anbändeln würde. So ein Blödsinn! Was hatte sie sich nur dabei gedacht? Sie schob die trüben Gedanken beiseite und freute sich auf den gemeinsamen Abend.

Lena Hansen wartete bereits draußen vor der Pension und hatte einen Einkaufskorb neben sich stehen. Sie winkte, als sie ihre Tochter kommen sah.

Fenna warf einen amüsierten Blick in den Korb, der bis zum Rand mit Lebensmittel befüllt war. »Hast du die ganze Polizeistation eingeladen?«

»Es sah einfach alles so lecker aus und da habe ich mir gedacht, wir könnten ja noch einmal zusammen essen. – Also, nur wenn du das möchtest, Fen?«

Fenna nahm den Korb und hakte sich bei ihrer Mutter unter. »Aber nur wenn du mich bekochst. – Und jetzt erzähle mir von der Wattwanderung!«

Das ließ sich ihre Mutter nicht zweimal sagen und berichtete ausführlich über ihren ersten Ausflug, bis sie das Wohnhaus erreichten, in dem die Kommissarin wohnte.

»So, das ist mein neues zu Hause.« Fenna stellte den Korb ab, holte den Hausschlüssel aus ihrem Rucksack und öffnete die Eingangstür. Ihre Dachwohnung hatte einen eigenen Seiteneingang, somit war sie von den Ferienwohnungen abgegrenzt. Ein schmaler Treppenaufgang führte zu ihrem persönlichen Reich. »Sei vorsichtig, die Treppen sind etwas schmal.«

Lena Hansen blieb in der Wohnungstür stehen. »Oh Fen, ist das hübsch hier!« Die Worte klangen aufrichtig und ihr war die Freude regelrecht ins Gesicht geschrieben.

»Danke, aber ich habe noch mehr Räume, außer den kleinen Flur. Komm rein!« Fenna freute sich über die positive Reaktion ihrer Mutter und marschierte mit dem Einkaufskorb direkt in die Küche.

Lena Hansen entdeckte die vielen Magnettafeln, die an einer Küchenwand angebracht waren, und blieb vor ihnen stehen. »Das ist eine tolle Idee, so kannst du deine Sammlerstücke gut präsentieren. Wie viele sind es denn inzwischen?« Sie nahm vorsichtig einen Magnet ab. Es war Tinkerbell, die kleine Elfe aus dem Märchen von Peter Pan. »Die hat Silas dir aus Disneyland mitgebracht.« Silas war der ältere Bruder von Fenna und er lebte seit einigen Jahren in Amerika und arbeitete dort als Anwalt für Familienrecht in Phoenix. Daher sahen die beiden sich nicht all zu oft. Lena heftete Tinkerbell wieder an ihren Platz und drehte sich zu ihrer Tochter. »Hat er sich schon bei dir gemeldet?«

Fenna packte den Korb aus. Ihre Mutter hatte nicht für zwei Tage Lebensmittel eingekauft, sondern gefühlt für eine ganze Woche. So, wie sie ihre Mutter kannte, war es eine indirekte Nahrungsversorgung, nicht, dass Fen verhungerte. »Gestern noch. Ihm, Bella und den Kindern geht es gut. Sie planen, uns dieses Jahr noch besuchen zu kommen.«

»Das würde mich freuen – ich habe meine Enkelkinder schon lange nicht mehr gesehen. – Ich habe dir übrigens was mitgebracht.« Lena Hansen kramte in ihrer kleinen Umhängetasche und reichte ihrer Tochter eine schmale Papiertüte.

»Du musst mir doch keine Geschenke machen!« Sie nahm die Tüte und ahnte, was es sein könnte.

»Ach, ist doch nur eine Kleinigkeit und ich habe es im Laden entdeckt, indem ich mir die Gummistiefel gekauft habe.«

Fenna nahm den Gegenstand heraus und lachte. Es war natürlich ein Kühlschrankmagnet, und zwar in Form von pinken Gummistiefeln. »Hey, die sind ja klasse! Gummistiefel habe ich weder als echte Schuhe noch als Magnet. Danke, Mama!« Sie umarmte ihre Mutter und suchte dann den passenden Platz für ihre neue Errungenschaft. Sie heftete das Schuhwerk direkt neben einen grünen Regenschirm. »So, und was gibt es heute zu essen?«

Lena hob den rechten Zeigefinger und sagte: »Erst einmal möchte ich den Rest deiner Wohnung sehen.«

Gesagt, getan. Fenna zeigte ihrer Mutter die weiteren Räume. Da die Wohnung nur zwei Zimmer hatte, war dies schnell erledigt. Zum Abschluss standen die beiden auf dem schmalen Balkon, der einen direkten Blick auf den Friedhof von Norderney hatte.

»Ein Friedhof, wie schön«, sagte Lena Hansen.

Fenna seufzte. »Irgendwie verfolgt mich Papas Job.«

Ihre Mutter tickte sie an. »Weißt du eigentlich, dass die alte Adelgunde Schmidtjahns, gestorben ist?«

»Nein? Echt jetzt?« Fenna blickte sie aus großen Augen an. »Wann ist das denn passiert?«

»Die Frage sollte lieber lauten: *Wie* ist das denn passiert?«

»Ja, und? Wie ist sie aus dem Leben geschieden?«, wollte Fenna erfahren. Adelgunde Schmidtjahns war eine sechsundachtzigjährige Witwe, die in der Gemeinde ihres Vaters lebte, – nun – jetzt nicht mehr. Adelgunde war dafür bekannt, merkwürdig zu sein. Sie lebte nach dem Mondkalender und kaufte ihre Lebensmittel nur zu bestimmten Uhrzeiten ein, da sie glaubte, ansonsten wären die Sachen giftig. Adelgunde streifte oft nachts über die Kuhwiesen, weil sie der festen Überzeugung war, dass böse Mondgeister die Milchkühe heimsuchten und sich das negativ auf die Milch auswirken konnte.

»Sie wurde von einer Kuh umgerannt und fiel so unglücklich, dass sie sich dabei das Genick brach«, brachte Lena Hansen betroffen hervor, doch als sie das entsetzte Gesicht ihrer Tochter sah, konnte sie nicht länger ernst bleiben und musste lachen.

Fenna stupste ihre Mutter an. »Ach Mama! Ich habe dir tatsächlich geglaubt!«

Lena beruhigte sich wieder. »Sie ist wirklich verstorben. Lag tot im Bett. Die Ärzte sagten, sie wäre friedlich eingeschlafen.«

»Amen! Und jetzt habe ich Hunger – was kochst du denn?«, wechselte Fenna das Thema und beide begaben sich in die Küche.

Lena Hansen zauberte mit frischen Zutaten einen Gemüseauflauf und nach einer Stunde saßen beide am Küchentisch und genossen das leckere Essen bei einem Glas Rotwein.

»Ah, ich habe noch Nachtisch!«, fiel es Fenna siedendheiß ein. Sie stand auf, kramte die Box aus ihrem Rucksack hervor, holte zwei kleine Teller aus dem Schrank und legte jedem ein Stück darauf. »Habe aber keine Sahne.«

Lena beäugte erst den Kuchen und dann ihre Tochter mit einem skeptischen Blick. »Den hast du aber nicht selbst gebacken, oder?«

Fenna schüttelte den Kopf. »Gott bewahre! Den hat Bruni, die Frau von meinem Boss gebacken.« Sie hatte noch nie viel fürs Kochen oder Backen übriggehabt. Seit sie denken kann, hatte das stets ihre Großmutter oder halt ihre Mutter übernommen. Ihre Kochkünste beschränkten sich auf die einfachen Gerichte. Und, dass sie kein Händchen zum Backen hatte, war ihr großes Glück – ansonsten würde sie als Kuchenkugel über die Insel rollen.

Lena Hansen ließ ein Stückchen in ihren Mund verschwinden und nachdem sie den Bissen genüsslich verspeist hatte, sagte sie: »Der schmeckt sehr gut. Und wie ich sehe, hast du dir tatsächlich Frischhalteboxen besorgt. – Ich hätte dir welche geschickt, dann hättest du dir das Geld sparen können, Fen!«

»Kosten doch nichts. – Und? Wie gefällt dir meine neue Heimat?«, fragte Fenna und wechselte somit das Thema.

»Sehr gut. Norderney ist eine wunderschöne Insel. Hätte nicht damit gerechnet, dass sie so groß ist. Und man kann sie von Emden aus recht schnell erreichen«, schwärmte Lena Hansen und schenkte beiden Wein nach. »Fühlst du dich denn wohl hier und kommst mit deinen Kollegen aus?«

Fenna strahlte ihre Mutter glücklich an. »Es ist echt klasse hier, und mit meinen Kollegen habe ich großes Glück. Bruni und ich sind die einzigen Frauen auf der Wache und halten zusammen. Es war eine super Idee von Henning, dass er mich hierher geholt hat.«

Lena wirkte plötzlich verlegen. »Apropos Henning: Hast du Ärger mit ihm bekommen, weil ich das mit seiner geplatzten Verlobung ausposaunt habe?«

Sie schüttelte den Kopf. »Nein, alles gut. Er hat mir gesagt, dass er es mir bei einem Bier erzählen wird.«

Ihre Mutter stutzte, als sie das Getränk hörte. »Bier? Du trinkst doch gar kein Bier. Henning weiß das, oder?«

»Ja, er weiß es. Entweder erfahre ich den Grund seiner geplatzten Verlobung nie, weil ich kein Bier mit ihm trinken gehe – oder – ich muss einmal in den sauren Apfel beißen und ein Helles in mich hineinkippen«, endete Fenna seufzend, stand auf und brachte das benutzte Geschirr zur Spüle. Sie ließ heißes Wasser ein und spritzte Spülmittel hinein.

Lena Hansen folgte ihr und griff nach dem Trockentuch, das neben dem Kühlschrank hing. »Tja, mein Kind, manches erfordert große Opfer von uns.«

»Dein Wort in Gottes Ohr!«

Während des Spülens unterhielten die beiden sich über alles Mögliche und gegen zweiundzwanzig Uhr begleitete Fenna ihre Mutter zurück zur Pension. Zu dieser Uhrzeit tummelten sich noch genug Gäste auf den Straßen herum. Die Bars, Restaurants und Kneipen waren gut besucht und da es zu dieser Jahreszeit länger hell blieb, tummelten sich viele an der Strandpromenade herum.

»Gute Nacht, Mama! Danke fürs Kochen und wir sehen uns morgen. Schlaf gut!« Fenna umarmte ihre Mutter und machte sich auf den Heimweg.

11. Kapitel

Als die Kommissarin am nächsten Morgen zum Dienst erschien, saß Henning bereits an seinem Schreibtisch und begrüßte sie mit einem strahlenden Lächeln. »Moin, Fen! Wie war der Abend mit deiner Mutter?«

»Wieso bist du so gut gelaunt?«, haute sie ihm um die Ohren. Eigentlich war ihr Kollege um diese Uhrzeit oft noch muffelig. »Und danke der Nachfrage, es war ein sehr schöner Abend.«

»Timo und Ben haben gestern Abend die Wohnung von Silvia Höfner inspiziert und rate mal, was sie dort gefunden haben?«

»Spritze und Gift!«, äußerte sie die nahe liegenden Begriffe.

Ihr Kollege hob die Hand. »Exakt!«

»Wow! Also ist unser Fall damit bereits gelöst. War Gift in der sündhaft teuren Champagnerflasche für den notorischen Schürzenjäger?«, wollte Fenna erfahren.

»Er wurde auf keinen Fall vergiftet. Der Rechtsmediziner teilte mir am Telefon mit, dass Otto Kretschmer Diabetiker war und aufgrund einer Überdosis Insulin bewusstlos wurde und dann wurde er währenddessen mit etwas erstickt.«

»Erstickt?«, wiederholte die Kommissarin überrascht. »Ich dachte, unser Arzt ist eher von einer Vergiftung ausgegangen? – Seltsam?«

Henning zuckte mit den Schultern. »Es wurden jedenfalls noch Fasern in der Lunge gefunden. Rote. Und die eigentliche Todesursache war letztendlich: ersticken.«

Fenna tippte sich an die Oberlippe und holte sich die Garderobe vor Augen. »Meine Mutter hat doch auf dem kleinen Sofa gesessen, da waren rote Kissen drauf!«

Der Kommissar erhob sich. »Dann holen wir jetzt eins der Kissen und schicken es ins Labor.«

Fenna folgte ihrem Kollegen und wenige Minuten später erreichten sie das Inseltheater. Frau Weßling entdeckte zufällig die Beamten und begleitete die Polizei bis zur Garderobe. Die Tür war noch durch das polizeiliche Siegel geschützt. »Haben Sie schon was in Erfahrung bringen können?«

Während Henning das Siegel entfernte, antwortete Fenna der Leiterin. »Nein, noch nicht. Wir ermitteln in alle Richtungen. – Wussten Sie eigentlich, dass Herr Kretschmer Diabetiker war?«

Frau Weßling schüttelte den Kopf und verschränkte die Arme. »Nein, tut mir leid, das höre ich zum ersten Mal. Ich kannte Herrn Kretschmer zwar, aber nicht so persönlich, dass ich über seine Krankheiten informiert war.« Sie blickte die Polizistin neugierig durch ihre Brille an. »Ist er etwa an einem Zuckerschock gestorben?«

Henning war inzwischen in die Garderobe gegangen und hatte sich Handschuhe angezogen. Er steuerte direkt das kleine graue Sofa an, auf dem zwei rote Kissen lagen.

»Das wird die Obduktion ergeben. Dauert leider immer etwas lange, da alles in Oldenburg untersucht wird«, klärte die Kommissarin die Leiterin auf.

»Sie brauchen mich ja nicht mehr, oder? Wann darf die Reinigungskraft in die Garderobe?«, wollte sie wissen.

»Sobald die Ermittlungen abgeschlossen sind, wir melden uns bei Ihnen, Frau Weßling. Einen schönen Tag noch!«, antwortete Fenna.

»Gut, dann sage ich der Dame Bescheid, dass sie sich noch gedulden muss. Und weiterhin viel Erfolg bei der Tätersuche.« Frau Weßling hob die Hand und entfernte sich.

Henning erschien mit einem eingetüteten roten Kissen. »Das muss, so schnell es geht, ins Labor.«

»Dann müssen wir zum Flugplatz, die Fähre hat bereits abgelegt und die nächste kommt zu spät für uns. Vielleicht erwischen wir noch das Postflugzeug«, schlug Fenna ihm vor.

Die beiden fuhren, so schnell es die Geschwindigkeit zuließ, zum Flughafen und hatten Glück. Das Postflugzeug war noch am Boden und das Beweisstück konnte in einem versiegelten Behälter aufs Festland gebracht werden. Dort wartete bereits ein Kollege aus Norden auf die Kiste und leitete den weiteren Transport nach Oldenburg in die Wege.

Zurück auf der Wache kam ihnen Hoschi entgegen. »Moin, zusammen! Der Anwalt von der Höfner ist gerade eingetrudelt. Herr Richard Stein.« Er deutete mit dem Kopf in die Richtung des Besucherzimmers. »Der scheint auf Krawall aus zu sein. Motzt hier nur rum!«

»Danke, wir kümmern uns darum.« Henning marschierte schnurstracks auf das Zimmer zu und Fenna folgte ihm schnellen Fußes.

Vor ihnen, auf einem der vier Stühle, saß ein großer schlaksiger Mann in einem hellgrauen Anzug. Der hagere Typ wirkte völlig verloren in dem Überschuss an Stoff. Sein Gesicht war blass und die Wangenknochen standen leicht hervor. Seine Augenbrauen waren viel zu buschig und verliehen dem Mann, den Fenna auf sechzig schätzte, ein düsteres Aussehen.

»Moin, Herr Stein! – Mein Name ist Henning Petersen und das ist meine Kollegin Fenna Hansen«, stellte der Kommissar sich und seine Kollegin vor.

Herr Stein machte keine Anstalten, aufzustehen oder den beiden die Hand zu reichen. Er blickte die Beamten grimmig an. »Warum halten Sie meine Mandantin seit gestern Abend in U-Haft?«

Henning nahm ihm gegenüber Platz, während Fenna an der geschlossenen Tür stehen blieb. »Weil der dringende Tatverdacht besteht, dass Ihre Mandantin Otto Kretschmer getötet hat«, gab ihm der Beamte die gewünschte Antwort.

Der Anwalt lachte hart und abgehackt und erwiderte. »So ein Unsinn! Sie haben keinerlei Beweise.«

»Tja, ich glaube schon, Herr Stein!«, warf Fenna in den Raum.

Seine rechte buschige Braue schoss nach oben und er fixierte die Polizistin mit einem frechen Blick. »Die da wären?«

Der Kommissar führte das Gespräch weiter. »Wir haben eine Spritze und eine leere Ampulle Insulin in der Wohnung von Frau Höfner gefunden. Hinzu kommt, dass auf der Champagnerflasche und der Käsehappen-Schachtel ihre Fingerabdrücke sind, und …«, er legte eine kurze Pause ein, bevor er weitersprach, »… die Inhaberin des Feinkostgeschäftes kann bezeugen, dass Ihre Mandantin die Artikel am Todestag von Otto Kretschmer dort käuflich erworben hat.«

Herr Stein schien unbeeindruckt zu sein und lehnte sich überheblich im Stuhl zurück. »Und? Diese lächerliche Blubberbrause kann auch sonst jemand gekauft haben. Aus welchem Grund soll meine Mandantin Otto Kretschmer töten?«

»Eifersucht? – Wir gehen davon aus, dass die beiden ein Verhältnis hatten und Frau Höfner leider nicht die einzige Herzdame im Leben von Kretschmer ist. Otto ist für seine Frauengeschichten bekannt, Herr Stein«, nannte die Kommissarin ihm ein Motiv.

Der Anwalt wischte provokant die Annahme von Fenna mit einer Handbewegung fort. »Ach, das ist doch alles Humbug. Meine Mandantin hat mit dem Mord nichts zu tun. – Außerdem kann jeder an Insulin und eine Spritze gelangen.«

Henning richtete sich an seine Kollegin. »Bist du so lieb und holst Frau Höfner zu uns?«

Die Kommissarin nickte, verschwand und erschien wenige Augenblicke später mit Frau Höfner, die mit ihrem schlecht gelaunten Gesichtsausdruck hervorragend mit dem Anwalt harmonierte. Silvia Höfner nahm auf der Seite von Herrn Stein Platz.

Henning konfrontierte die Verdächtige mit den vorliegenden Beweisen. »Also, Frau Höfner. Zeugen haben gesehen, dass Sie sich nachmittags nach den Proben mit Otto Kretschmer gestritten haben und abends kamen Sie aus der Richtung seiner Garderobe. – Warum haben Sie Herrn Kretschmer umgebracht?«

Der Anwalt ging dazwischen: »Sie dürfen nicht einfach behaupten, dass meine Mandantin Herrn Kretschmer getötet hat, das ist spekulativ!«

»Ich war bestimmt nicht die einzige Frau, die Otto tot sehen wollte«, kam es hasserfüllt über die Lippen der Verdächtigen.

»Und warum haben so viele Frauen Otto gehasst?«, fragte die Kommissarin.

Es dauerte einige Sekunden, bevor Silvia eine Antwort gab. Sie starrte auf ihre Hände, die in ihrem Schoss ruhten. »Weil er sämtlichen Frauen die wahre Liebe vorgegaukelt und ihnen das Blaue vom Himmel versprochen hat.«

Die Kommissarin fragte weiter: »Was hat er Ihnen denn versprochen, Frau Höfner? Ging es bei dem Streit um Ihre Beziehung?«

»Sie brauchen darauf nicht zu antworten!«, warf der Anwalt in einem scharfen Ton ein.

Silvia kniff die Lippen zusammen und entgegnete säuerlich. »Vielleicht sollten Sie lieber mit seiner Managerin sprechen. – Die hat auch gute Gründe gehabt, Otto aus dem Weg zu räumen!«

Die beiden Kommissare tauschten überraschte Blicke aus und Henning ergriff als Erster das Wort. »Was meinen Sie damit?«

Bevor die Verdächtige sich dazu äußern konnte, sprang Herr Stein abrupt auf und sagte energisch: »Das fragen Sie die Dame schön selbst. Meine Mandantin sagt bis auf Weiteres nichts mehr.«

Damit war das Gespräch beendet und Silvia Höfner wurde zurück in die Arrestzelle geführt. Der Anwalt verließ, ohne sich zu verabschieden, die Polizeistation.

Fenna und Henning suchten die Küche auf und nahmen sich einen Kaffee.

»Warum sollte Frau Rakel einen Grund gehabt haben, Otto zu töten? Sie hat doch mit ihm Großes in Sachen Solokarriere vorgehabt. Da bringt sie doch nicht ihren Goldesel um die Ecke, oder?«, gab Fenna zu bedenken.

Henning umklammerte den Pott Kaffee und zuckte mit seinen Schultern. »Gemordet wird aus den verrücktesten Motiven. Wir werden der Sache auf jeden Fall nachgehen.«

»Aber die Beweislage ist doch erdrückend für Frau Höfner. Überall sind ihre Fingerabdrücke drauf. Sie wurde zur Tatzeit hinter der Bühne gesehen. Sie hatte nachmittags Streit mit Otto. Da passt doch eins zu eins zusammen«, meinte Fenna fest entschlossen. »Nur Sie kann es gewesen sein. Aber der Grund fehlt noch. Obwohl ich weiterhin auf Liebeskummer tippe.«

Henning stellte den leeren Pott in die Spülmaschine. »Wir fahren trotzdem zu Frau Rakel.«

In der nächsten Sekunde erschien Hauptkommissar Wiemer in der Küche. »Und? Wie ist das Gespräch mit dem Anwalt und der Verdächtigen gelaufen? Hat sie gestanden?«

Fenna stieß ein genervtes »Pfff!« aus.

Theos irritierter Blick pendelte zwischen den beiden hin und her. »Und was bedeutet das? Pfff?«

»Silvia Höfner hat uns gegenüber die Äußerung gemacht, dass wir die Managerin von Otto Kretschmer befragen sollen. Anscheinend hat auch sie einen Grund gehabt, den Hauptdarsteller der *Flotten Krabben* zu töten«, klärte Henning Wiemer auf.

»Na dann, ein Tag ist keine Woche, wie schnell ist nichts getan!«, haute Theo Wiemer seinen Lieblingsspruch heraus und machte auf den Absatz kehrt.

»Du hast den Boss gehört! Auf, auf!«, sagte Henning und verließ die Küche.

Erneut kam Hoschi den beiden entgegen und hielt die in Deutschland bekannteste Zeitung mit den vier roten Buchstaben in der Hand. »Hier! Der Mord steht auf Seite drei. Tote Krabbe auf der wunderschönen Nordseeinsel Norderney gefunden!«

»Danke!« Fenna nahm ihm das Klatschblatt aus der Hand und da ihr Kollege bereits die besagte Seite aufgeschlagen hatte, las sie den Mini-Artikel während des Gehens.

»Ey! Die will ich wiederhaben, ich muss noch das Kreuzworträtsel lösen!«, rief Hoschi der Kommissarin nach.

»Ja!«, schallte es von ihr zurück. Als sie beim Einsatzfahrzeug ankam, hatte sie die paar Zeilen gelesen und faltete die Zeitung zusammen.

»Und? Haben die Reporter als Erstes mit der Leiche gesprochen?«, witzelte Henning trocken und fuhr vom Hof.

»Ach, da steht nur drin, dass Otto Kretschmer zu der Theatergruppe der *Flotten Krabben* gehört und sie eigentlich mit einer Inseltour den Sommer über starten wollten. – Die Überschrift lautet tatsächlich *Tote Krabbe auf Norderney*. Das ist echt respektlos.«

Henning warf ihr einen fragenden Blick von der Seite zu. »Dem Toten gegenüber?«

»Nee, den niedlichen Krabben gegenüber«, entgegnete Fenna und als sie den pikierten Gesichtsausdruck ihres Kollegen sah, lachte sie und fügte hinzu. »Kleiner Scherz!«

Henning rollte mit den Augen und hielt an einem Zebrastreifen an. Es musste wieder eine Fähre angekommen sein, denn die Personen waren mit Gepäck jeglicher Art und Form bestückt. Fenna betrachtete interessiert deren Gesichter. Sie hatte in der kurzen Zeit, in der sie auf Norderney lebte, schnell festgestellt, das Anreisende stets ein Strahlen im Gesicht hatten und sie ihnen die Vorfreude regelrecht ansehen konnte. Genauso konnte sie Traurigkeit und Abschiedsschmerz in den Gesichtern der Abreisenden erkennen. Nachdem der letzte Fußgänger mit seinem klappernden Rollkoffer den Zebrastreifen überquert hatte, setzte Henning die Fahrt fort.

Im *Inselhotel Barke* herrschte an der Rezeption ein buntes Durcheinander. An- und Abreisende gaben sich sozusagen die Zimmerschlüssel in die Hand. Zum Glück wussten die Polizisten, in welchem Zimmer Frau Rakel untergebracht war, und erreichten nach wenigen Augenblicken die Tür. Fenna klopfte an und es dauerte auch nicht lang und Frau Rakel öffnete ihnen. »Ah, guten Morgen!«

»Moin, Frau Rakel – dürfen wir reinkommen? Wir hätten da noch ein paar Fragen an Sie«, begrüßte Fenna die elegant gekleidete Managerin. Ein hellblauer Hosenanzug, mit einem weißen Top unter dem Blazer, ließ Frau Rakel frisch und schick aussehen.

Frau Rakel lächelte freundlich und trat zur Seite. »Sehr gern. Wie kann ich Ihnen weiterhelfen?« Sie schloss nach den Beamten die Tür und blieb mitten im Raum stehen.

Fenna trat ihr entgegen und sagte: »Wir haben von Frau Höfner erfahren, dass Sie angeblich auch Streit mit Otto Kretschmer hatten. Darf ich fragen, worum es bei dem Streit ging?«

Beatrix Rakel seufzte und verschränkte die Arme. Das war ein typisches Zeichen für Unsicherheit. Durch das Verschränken der Arme vor der Brust fühlte sich die Person sicherer. »Worum wohl? Es ging natürlich um seine Gage. Otto wollte plötzlich mehr haben, als wir vereinbart hatten.«

»Und?« Der Kommissar sah die Managerin neugierig an.

Frau Rakel löste die Arme. »Wir haben uns zum Glück einigen können und somit war das Thema vom Tisch.«

»Und es ging wirklich nur um die Gage in dem Streit?«, hakte Fenna nach.

Die Managerin nickte. »Ja, ich hatte sonst keine Probleme mit Otto.«

Der Kommissarin fiel noch etwas ein und sie fragte: »Kennen Sie eigentlich Frau Höfner?«

Sie zuckte mit den Schultern. »Nein? Wer soll das sein?«

»Angeblich ist sie mit Otto Kretschmer zusammen gewesen und war an dem Abend als Sanitäterin im Inseltheater eingeteilt. Haben Sie Otto vielleicht doch mit einer Frau zusammen gesehen?«

Frau Rakel schüttelte sachte den Kopf. »Nein. Wie ich Ihnen bereits gesagt habe, war ich nach der Aufführung … oh warten Sie! Ich war kurz vor dem Auftritt bei Otto in der Garderobe und wollte ihm viel Glück wünschen. Ich wäre fast mit einer Sanitäterin zusammengestoßen, die aus der Garderobe kam. Otto sagte mir, sie war nur da, weil es ihm nicht so gut ging. Das muss diese Frau Höfner gewesen sein.«

Henning hatte bereits die Tür geöffnet. »Danke, Frau Rakel. Sie sind noch bis morgen auf der Insel?«

»Ja, ich treffe mich heute Nachmittag mit Michael Knudsen und seinem Neffen.« Sie gab einen hoffnungsvollen Seufzer von sich. »Und ich hoffe, dass er für die Rolle geeignet ist, dann verschiebt sich die Tour zwar um einige Wochen, aber sie wird wenigstens stattfinden. Das wäre auch im Sinne von Otto gewesen.«

Die Kommissare verabschiedeten sich und fuhren zurück zur Polizeistation.

Kommissar Ben Frickenschmitt hatte bereits auf seine Kollegen gewartet. »Ich habe in der Zwischenzeit was Interessantes herausgefunden.«

»Hau raus!«, rief Fenna aus der Küche. Sie holte sich eine Flasche Wasser, ein Glas und erschien an ihrem Arbeitsplatz.

Ben hatte sich zu Henning gesellt und legte los. »Ich habe mir die Managerin Beatrix Rakel mal genauer angesehen. Wusstet ihr, dass sie die Nichte von Otto Kretschmer ist?«

»Echt jetzt? Warum hat sie uns das verschwiegen?« Fenna war sichtlich überrascht, während Henning nur nickte.

»Sie ist die Tochter von Ottos jüngerer Schwester Anja Kretschmer, die einen Thomas Rakel geheiratet hat. Beatrix hat vor zwei Jahren eine Agentur gegründet, um die *Flotten Krabben* zu managen«, teilte Ben ihnen seine Informationen mit.

»Und? Ich sehe kein Mordmotiv«, sagte Henning auf seine trockene Art und Weise.

Ben ließ sich davon nicht aus der Ruhe bringen und sprach weiter: »Ja, aber ich habe einen Bericht im Internet gefunden, in dem steht, dass Otto Kretschmer bei einem anderen Theaterteam einen Vertrag unterzeichnet hat und er nach der jetzigen Tour nach Hamburg gehen wollte.«

»Bitte?!«, platzte es aus Fenna heraus, dabei spritzte etwas Wasser aus ihrem Mund und die Tropfen liefen ihr am Kinn herunter. Sie wischte diese schnell mit der Hand weg.

Als Henning ihr Missgeschick sah, huschte ihm doch tatsächlich ein Grinsen um die Mundwinkel. »Gehts denn, Fen?«

Sie streckte ihm die Zunge heraus und wandte sich an Ben. »Uns gegenüber hat sie gesagt, dass der Vertrag in trockenen Tüchern sei und sie deshalb die Flasche Champagner gekauft hat. Sie wollte mit Otto auf den Vertragsabschluss anstoßen. – Also hat sie uns belogen?« Die Frage stellte sie sich wohl eher selbst.

Henning ließ den Kugelschreiber durch seine schlanken Finger gleiten und zog die Stirn in Falten. »Aber was für ein Motiv hätte denn Frau Rakel, ihren Onkel zu töten, nur weil er zu einem anderen Show-Team gewechselt hätte?«

»Umsatzeinbußen«, fiel es Fenna spontan ein.

Ihr Kollege hob den rechten Zeigefinger. »Ah, ich war ja noch nicht fertig!«

»Jetzt spann uns doch nicht so auf die Folter, Mann!«, sagte die Kommissarin ungeduldig.

Ben grinste beide überheblich an und verschränkte die Arme. »Ich habe Glück gehabt und mit der Sekretärin von Frau Rakel telefoniert, die übrigens sehr nett und redselig war, und habe erfahren, dass Beatrix ihr ganzes privates Kapital in die Solo-Tour von Otto Kretschmer gesteckt hat, und da er sie hat hängen lassen, kommen unzählige Vertragsbruchzahlungen auf ihre kleine Eventfirma zu. Gebuchte Konzerthallen, Fototermine, Werbeverträge und so weiter, und so weiter. – Na, wenn das nicht ein Motiv für einen Mord ist?«

Fenna äußerte ihre Bedenken laut: »Ja, kann schon sein, aber alle Beweise, die uns zurzeit vorliegen, deuten auf Silvia Höfner als Täterin hin. – Beatrix hat nur eine Flasche Champagner gekauft, die sie uns in ihrem Hotelzimmer gezeigt hat. Und auf der Flasche, die wir am Tatort gefunden haben, waren die Fingerabdrücke von Silvia Höfner drauf. Außerdem steht in dem Obduktionsbericht, dass es Rückstände von Insulin in der Flasche gibt und Einstiche im Korken vorhanden sind.«

Henning legte den Kugelschreiber aus der Hand und schaute beide enthusiastisch an. »Was ist, wenn Beatrix Rakel nur die Spritze mit dem Insulin bei sich hatte und es in die Champagnerflasche gespritzt hat, die vorher von Silvia Höfner in Ottos Garderobe gestellt wurde? Ich meine, sie als Familienmitglied, wird doch von der Diabetes ihres Onkels gewusst haben, oder? Und dass wir die Sachen bei Silvia Höfner gefunden haben, ist Zufall?«

Stille.

Fenna sprang vom Stuhl auf und schmückte die Annahme ihres Kollegen weiter aus: »Ja, aber klar! Otto hat ihr in letzter Minute einen Korb erteilt, also wegen des Soloprojektes – das hat Beatrix in eine finanzielle Notlage gebracht und …« Sie hielt inne und starrte ihre Kollegen verwirrt an. »Aber warum sollte der Tod von Otto Frau Rakel vor einem finanziellen Ruin retten?«

»Die Sekretärin wollte mir den Vertrag schicken – wartet, ich schaue eben nach, ob er schon da ist!«, rief Ben, eilte davon und kam nach wenigen Augenblicken zurück. »Ja, du kannst ihn abrufen. Er ist auf unserem Hauptaccount eingegangen.«

Henning öffnete die Mail und den Anhang und alle drei starrten auf den Monitor und überflogen den Text. Fenna zeigte mit dem Finger auf eine Stelle im Vertrag. »Hier, eine Sonderklausel. Da steht, sollte

Otto Kretschmer tödlich verunglücken, getötet werden oder durch sonst einen Krankheitsfall nicht mehr an der Show teilnehmen können, übernimmt die Versicherung alle anfallenden Kosten«, las die Kommissarin vor.

Ben rieb sich das Kinn. »Oha, da habt ihr das Motiv!«

Der Kommissar kniff die Lippen zusammen. »Das darf doch nicht wahr sein! Wir waren gerade noch bei ihr.«

»Dann werden Timo und ich die Dame sehr gerne persönlich abholen und ihr könnt mir ihr im Verhörzimmer sprechen. Und ich hole mir einen Durchsuchungsbefehl für ihr Hotelzimmer und persönlichen Gegenständen. Wer weiß? Vielleicht finden wir noch Spritzen und Insulinampullen?« Ben machte auf den Absatz kehrt und suchte den Hauptkommissar auf.

12. Kapitel

Plötzlich erklang das Lied *Mamma Mia* von ABBA. Fenna holte ihr Smartphone hervor und drückte den grünen Hörer. »Moin, Mama! Wo steckst du? … Ach so. Mittagessen. Das passt … okay, ja ich weiß, wo das ist, okay, bis gleich!« Sie beendete das Gespräch. »Meine Mutter lädt uns zum Essen ein.«

Ihr Kollege machte große Augen. »Mich?«

Fenna zog eine Grimasse und sagte: »Nein, den Kaiser von China. – Los, wir müssen wieder da sein, wenn die Jungs Frau Rakel herbringen.«

Henning stand auf und die beiden gaben Ben über ihre Abwesenheit Bescheid. »Kein Problem, dann lasse ich die Dame warten, meistens werden die Personen etwas nervös«, meinte Ben.

»Wir können hinlaufen. Meine Mutter ist in der Goebenstraße, dort gibt es das griechische Restaurant *Delphi*«, informierte Fenna ihren Kollegen, als sie ins Freie traten.

»Griechisch?«, wiederholte Henning mit einer hochgezogenen Braue.

»Ja, und? Magst du kein Griechisch?«

»Doch, aber ich finde es nicht so prall, wenn wir gleich Frau Rakel verhören und beide stinken, als wären wir auf einer Knoblauchmesse gewesen.«

»Da gibt es auch Salat ohne Knobi«, schlug sie vor. »Den werde ich nehmen, Gyros und Zaziki liegen mir mittags zu schwer im Magen.«

Henning stimmte ihr durch ein Nicken zu. »Bin ganz deiner Meinung.«

Nach nur wenigen Minuten erreichten die Polizisten den Griechen und waren nicht überrascht, dass auch Hoschi mit eingeladen war. Fenna trat ihrem Kollegen, seitdem sie von ihm erfahren hatte, dass die beiden nur befreundet waren, wesentlich gelassener gegenüber. Fenna umarmte ihre Mutter. »Mahlzeit!«

»Schön, dass ihr es einrichten konntet. Kommt, hier draußen ist noch Platz.« Lena Hansen deutete auf einen freien Tisch, der unter einem großen weißen Sonnenschirm stand.

Die vier Personen setzten sich und sofort erschien eine freundliche Bedienung, die ihnen die Speisekarten reichte und sich nach den Getränken erkundigte.

Alle Gesichter verschwanden hinter der großen Menükarte und es herrschte einige Minuten Schweigen in der Gruppe.

Fenna hatte sich zuerst entschieden und legte die Karte auf den Tisch. »Ich nehme Nummer 22. Einen kleinen gemischten Salat.«

»Den nehme ich auch«, folgte Henning mit seiner Auswahl.

Hoschi summte vor sich hin und blätterte sich durch die Karte.

»Ich nehme den Hähnchenspieß mit Reis«, teilte Lena Hansen mit.

Die Bedienung erschien und nachdem jeder sein Getränk vor sich stehen hatte, fragte sie: »Haben Sie sich schon entschieden?«

Alle Augenpaare waren auf Hoschi gerichtet, der noch immer wild hin und her blätterte.

»Hoschi! Heute noch!«, rief Fenna.

Doch ihr Kollege ließ sich nicht aus der Ruhe bringen und nach weiteren Sekunden des Schweigens blickte er zur Bedienung auf und sagte: »Nummer 36, anstatt Reis hätte ich gerne Pommes.«

Die junge Frau tippte die Bestellung in ein Smartphone. »Sehr gern, und die Herrschaften?«

Jeder teilte ihr die Nummer des Gerichtes mit.

»Und? Habt ihr noch was bei Frau Rakel erfahren können?«, fragte Hoschi in einem leisen Ton. Es durfte keiner der Nachbartische etwas über die laufenden Ermittlungen erfahren. Die Gruppe wurde eh von den anderen Gästen neugierig ins Visier genommen, da alle, außer Lena Hansen, Polizeiuniformen trugen.

»Ben und Timo bringen Frau Rakel gleich zu uns in die Polizeistation – wir haben erfahren, dass auch sie ein Motiv hatte, Otto umzubringen«, teilte Henning ihrem Kollegen mit.

Lena Hansen beugte sich in die Mitte des Tisches. »Ihr braucht euch keine Gedanken zu machen, dass ich Informationen über den Fall weitertratsche. Ich schweige wie ein Grab!«

Lena Hansen arbeitete nicht nur in der Gemeinde ihres Mannes als Sekretärin, sondern sie leitete eine Gruppe von seelisch erkrankten Mitgliedern der Kirche. Und da gehörte Verschwiegenheit auf alle Fälle dazu. Dass Lena Hansen die Geschichte von der geplatzten Verlobung ausgeplaudert hatte, war keine böse Absicht gewesen. Fenna hatte es ihrer Mutter nicht als streng vertraulich deklariert, und war irgendwie froh darüber, dass es so gekommen war, denn jetzt hatte sie die Sache mit ihrem Kollegen Petersen geklärt.

Lena Hansen wurde neugierig und fragte: »Warum sollte die Managerin ihren Star umbringen?«

Henning klärte sie über den letzten Stand der Dinge auf. »Mal sehen, ob die Jungs bei ihr was Verdächtiges finden werden und wie Frau Rakel sich in dem Gespräch uns gegenüber rechtfertigen wird.«

Nach dem vorzüglichen Essen verabschiedeten Fenna und Henning sich und begaben sich zurück zur Polizeistation. Dort wurde ihnen von Timo mitgeteilt, dass sich eine nicht erfreute Frau Rakel im Verhörraum befand.

»So schnell sieht man sich wieder, Frau Rakel!«, begrüßte die Kommissarin die Managerin.

»Warum haben Sie mich hierhergeholt? Wir haben doch alles geklärt?« Ihre sonst so freundliche Art war nicht mehr zu sehen. Sie schaute beide grimmig an.

»Warum haben Sie uns nicht gesagt, dass das Opfer Ihr Onkel ist, Frau Rakel?«, begann Henning und nahm ihr gegenüber Platz.

Sie zuckte gleichgültig mit den Schultern. »Warum sollte ich?«

Fenna antwortete: »Weil wir den Fall von einer ganz anderen Seite betrachten müssen. – Sie wussten, dass Ihr Onkel Diabetiker war?«

»Ja. Und was hat das mit seinem Tod zu tun?« Frau Rakel sah beide verwirrt an.

Die Kommissarin blieb an der Wand stehen, fixierte die Verdächtige mit ihrem Blick und sagte mit fester Stimme: »Weil Herrn Kretschmer eine Überdosis Insulin verabreicht wurde, er verlor dadurch sein Bewusstsein und Sie haben ihn mit einem Kissen erstickt.«

»Ich soll was gemacht haben? Ich habe meinen Onkel nicht umgebracht! Wie kommen Sie nur auf so einen Unsinn?«, rief Beatrix Rakel außer sich.

Henning übernahm das Gespräch: »Das können wir Ihnen sagen! Otto hat ein lukratives Angebot von einer anderen Theatergruppe aus Hamburg erhalten und hat Ihr Angebot nicht angenommen. Sie aber wiederum haben schon sämtliche Hallen für ihn gebucht und Werbeverträge vereinbart, aus denen Sie ohne Geldstrafe nicht mehr herauskommen. Es sei denn«, der Kommissar hob den rechten Zeigefinger, »Otto Kretschmer würde durch einen Todesfall den Vertrag nicht erfüllen. Das ist doch ein Argument, oder halten Sie das für Unsinn, Frau Rakel?«

Die Verdächtige presste die Lippen zusammen und spielte verloren mit ihren Händen, die auf dem Tisch lagen. Sie hüllte sich in Schweigen.

In der nächsten Sekunde klopfte es und Ben erschien in dem Zimmer. Er winkte Fenna zu sich und flüsterte ihr Folgendes zu: »Wir haben eine kleine Kulturtasche bei ihr im Koffer gefunden, indem sich Insulinampullen und Spritzen befinden.«

»Danke!«, erwiderte Fenna und trat zu Frau Rakel an den Tisch. »Ich habe gerade erfahren, dass Sie in ihrem Koffer Insulin und Spritzen aufbewahrt haben. – Es ist besser, wenn Sie mit uns reden.«

Frau Rakel räusperte sich. »Haben Sie vielleicht ein Glas Wasser für mich?«

Die Kommissarin nickte, verließ für einen kurzen Moment den Raum und kam mit einem Glas Wasser zurück. »Bitte.«

Frau Rakel nahm es dankend an, nippte mehrmals und richtete sich auf. »Ich habe meinen Onkel nicht umgebracht. Er hat mir die kleine Kosmetiktasche gegeben, und zwar für den Notfall. Ich trage sie stets bei mir, wenn ich ihn begleite, und brauchte sie zum Glück noch nie. Sie können meine Mutter fragen, sie ist die Schwester von Otto und sie war darüber informiert, also, dass ich diese Notfalltasche bei mir trage.«

Die Erklärung klang logisch für die Polizisten, dennoch könnte es eine Einwandvorwegmaßnahme sein. Da Frau Rakel sah, dass die beiden nicht überzeugt wirkten, fügte sie hinzu: »Es gibt verschiedene Sorten von Insulin, Sie können doch sicherlich herausfinden, mit welchem mein Onkel überdosiert wurde, oder etwa nicht?«

»Das werden wir in die Wege leiten. Aber nun erzählen Sie uns, wie Sie reagiert haben, als ihr Onkel Ihnen den Laufpass in Sachen Solokarriere gegeben hat«, forderte Henning mit sachlicher Stimme.

Bevor Frau Rakel Antwort gab, nahm sie einen weiteren Schluck Wasser. »Vor einigen Monaten kam Otto zu mir und erzählte mir von seiner Idee, als Solokünstler durchzustarten. Er hatte bereits eine komplette Bühnenshow erarbeitet und sie mir vorgestellt. Ich war von Anfang an begeistert und ließ einen Vertrag aufsetzen, den er mir bis zu seinem Tode nicht unterschrieben zurückgegeben hat. Ich hingegen habe ihm vollkommen vertraut und bereits sämtliche Auftritte und Werbeverträge für seine Show abgeschlossen. Alles war in trockenen Tüchern.« Sie verzog das Gesicht und sprach verbittert weiter: »Und dann kam er am Tag der Premiere nachmittags zu mir ins Hotel und überbrachte mir die Hiobsbotschaft, dass er gleich nach der Tour nach Hamburg ziehen wollte, weil er dort von einer Eventfirma ein wesentlich besseres Angebot für sein Soloprojekt erhalten hat.«

»Tja, buckelige Verwandtschaft«, sagte Fenna und seufzte.

Der Verdächtigen huschte bei dem Satz der Kommissarin, tatsächlich ein Lächeln um die Mundwinkel. »Wem sagen Sie das! Meine Mutter hat mich immer vor ihrem Bruder gewarnt. Otto war schon seit seiner Jugend ein Schwerenöter und nutzte das weibliche Geschlecht stets aus. – Natürlich war ich stinksauer auf ihn, dass er mich hat hängen lassen, aber ich habe ihn nicht umgebracht!«, versicherte sie den Beamten.

»In dem Vertrag, den Sie mit Herrn Kretschmer abschließen wollten, gibt es eine Klausel, in der steht, dass bei einem Todes- oder Krankheitsfall alle Kosten von der Versicherung übernommen werden«, entgegnete der Kommissar.

»Ja, aber Otto hat den Vertrag gar nicht unterzeichnet, also greift die Klausel nicht. Ich bekomme nichts, beziehungsweise ich habe bereits mit einigen Leuten telefoniert. Sie sind alle entgegenkommend und verlangen keine Konventionalstrafe«, erwiderte Frau Rakel und da die Polizisten sich skeptische Blicke zuwarfen, ergänzte sie: »Warum also sollte ich meinen Onkel töten?«

»Gut, Frau Rakel. Sie dürfen gehen, aber bleiben Sie für uns erreichbar. Wir werden jetzt die Forensik über das Insulin informieren, dass man bei Ihnen gefunden hat«, erklärte Henning.

Frau Rakel erhob sich. »Wissen Sie, sein Soloprogramm war echt gut, hatte Potenzial – schade, dass er es der Öffentlichkeit nicht mehr zeigen kann.«

13. Kapitel

Nachdem Frau Rakel die Polizeistation verlassen hatte, informierte Henning die Forensik. »Ah, das passt ja, dass ich jemanden von euch an der Strippe habe, weitere Untersuchungen haben ergeben, dass euer Tote vergiftet wurde, und zwar laut Mageninhalt durch Schokolade oder Pralinen«, teilte ihm der Kollege aus der Abteilung mit.

»Wie? Ich dachte, er wurde erstickt?«, rief der Kommissar überrascht in den Hörer.

Der Kollege klärte ihn auf. »Das Opfer ist tatsächlich durch Ersticken gestorben, aber, wenn er nicht erstickt worden wäre, wäre er ein paar Stunden später eh mausetot gewesen. Das Gift muss er bereits Stunden vorher, durch die genannten Lebensmittel, zu sich genommen haben. Wir haben leider noch nicht herausgefunden, um welches Gift es sich dabei handelt.«

»Dann haben wir es mit zwei Mördern zu tun!«, schlussfolgerte Henning aus der Sachlage.

»So sieht es wohl aus. – Und um welches Insulin handelt es sich bei dir?«, wechselte der Kollege das Thema.

Henning hielt die kleine Ampulle in der Hand und las den Namen vor. Es dauerte keine zwei Sekunden und der Kollege konnte bestätigen, dass dieses Insulin nicht beim Opfer vorgefunden wurde. Der Kommissar bedankte sich und legte auf.

Fenna hatte das Gespräch mitverfolgt und sah ihren Kollegen neugierig an. »Wie? Wir haben es mit zwei Mördern zu tun?«

Henning informierte sie über die aktuelle Sachlage und ließ sich rücklings in den Stuhl sinken. »Mist! Jetzt müssen wir komplett von vorne anfangen!«

»Also hat er Stunden vor seinem Auftritt Pralinen gegessen, die vergiftet waren und die Auswirkung des Giftes trat erst kurz vor der Show auf. Deswegen haben alle geglaubt, Otto Kretschmer brütet eine Sommergrippe aus. Verdammt! Wie sollen wir denn jetzt herausfinden, wer ihm nachmittags Pralinen geschenkt hat?«, äußerte Fenna sich verzweifelt.

»Vielleicht wurden ihm die Pralinen schon viel eher geschenkt und er hat erst am Tag der Aufführung welche davon gegessen?«, gab Henning zu bedenken.

»Waren Timo und Ben nicht schon in der Wohnung von Otto Kretschmer?«, fragte sie.

»Soweit ich weiß, ja.«

»Dann werde ich mir den Bericht ansehen.« Fenna rief die gespeicherten Daten ab und las sich den Text durch. Das Einfamilienhaus, in dem Otto Kretschmer lebte, hatte zwei voneinander getrennte Wohnungen. Er bewohnte die untere Etage. Die oberen Räumlichkeiten dienten als Ferienwohnung und standen seit einiger Zeit leer. Der Eigentümer war dabei, die Zimmer zu renovieren. Die Polizistin schaute sich die Fotos an, die ihre Kollegen von Kretschmers Wohnung gemacht hatten. Sie konnte weder eine Pralinenschachtel auf den Bildern entdecken noch wurde etwas in dieser Hinsicht im Bericht aufgeführt. »Ich kann nichts finden. – Weißt du was? Ich schaue mich in der Wohnung noch mal selber um.«

Henning war in seine Arbeit vertieft und hob die Hand. »Mach das! Aber vergiss nicht die Wohnungsschlüssel mitzunehmen. Die sind im Aufbewahrungsschrank hinterlegt.«

»Ja, mache ich!« Fenna holte die Schlüssel, trug sich in die Liste ein, schnappte sich ein Polizei-Fahrrad und radelte in die Rheinstraße. Dort bewohnte Otto eine kleine Wohnung, die in einem Einfamilienhaus integriert war. Das rote Backsteinhaus lag hinter einem kleinen Vorgarten, der sehr gepflegt war. Mehrere Rosensträucher säumten den schmalen Steinweg, der zur Haustür führte. Fenna hatte das Rad auf dem Bürgersteig abgestellt und holte den Schlüsselbund aus ihrer Jackentasche hervor. Als sie die Haustür erreichte, stutzte sie, denn das Polizeisiegel war durchtrennt. Es muss jemand hier gewesen sein. Oft kehrten die Täter zurück, um belastende Beweise zu entsorgen. Etwa eine Pralinenschachtel? Fenna steckte langsam den Schlüssel in das Schloss und öffnete leise die Tür. Sie hörte Geräusche aus der Wohnung. Oha, der verbotene Besucher war sogar noch da. Sie löste den Knopf des Halfters und legte zur Sicherheit die Hand auf die Waffe. Auf Zehenspitzen wagte sie sich weiter in die Wohnung hinein. Im Flur hingen mehrere Bilder, die Otto Kretschmer mit seinen Theaterkollegen der *Flotten Krabben* zeigten. Auf der Bühne, Backstage, in der Garderobe und mit Beatrix Rakel. Wieder drangen Geräusche zu ihr. Es hörte sich an, als würde jemand die Schränke durchsuchen. Fenna zog die Waffe aus dem Halfter und schnellte um die Ecke. Als sie sah, wer sich vor ihr im Wohnzimmer befand und in die Schränke blickte, senkte sie umgehend die Waffe und rief: »Mama! Was machst du denn hier?«

Lena Hansen stieß einen spitzen Schrei aus und hielt sich die Hand vor den Mund. In der nächsten Sekunde eilte Hoschi aus einem der anderen Zimmer und blieb abrupt stehen. Als er seine Kollegin sah, lachte er. »Ah, Fenna! Was machst du denn hier?«, stellte er ihr die gleiche Frage.

Fenna steckte die Waffe zurück. »Das möchte ich von euch wissen. Ich hätte beinahe meine Mutter erschossen,«, witzelte sie trocken.

Lena trat ihrer Tochter entgegen und lachte ebenfalls. »Wir wollten nach dem Essen einen Verdauungsspaziergang machen und sind zufällig an Otto Kretschmers Haus vorbeigekommen. Hoschi hat gesehen, dass das Polizeisiegel durchtrennt wurde. Da wollte er nach dem Rechten schauen.«

»Und wie seid ihr in die Wohnung gekommen?«, wollte Fenna erfahren.

»Durch die Terrassentür«, informierte sie ihr Kollege. »Es standen sogar einige Schranktüren im Wohnzimmer offen.«

Die Kommissarin sah ihn mit hochgezogener Braue an. »Aha? Das ist ja interessant. Also war der Täter oder die Täterin tatsächlich noch mal hier.«

»Und warum bist du hier?«, wollte Lena Hansen von ihrer Tochter erfahren.

»Es gibt Neuigkeiten.« Die Kommissarin klärte die beiden über den neusten Stand der Dinge auf. »Tja, also wäre Otto sowieso gestorben. – Ich bin hier, um nach einer Pralinenschachtel zu suchen. Habt ihr vielleicht eine entdeckt?«

»Ja, ich habe eine gesehen!«, rief Lena Hansen erfreut und eilte davon.

Fenna und Hoschi sahen sich an und folgten ihr. Die Wohnung hatte ein drittes Zimmer, in dem Otto ein Büro eingerichtet hatte. Es stand ein Schreibtisch vor dem Fenster, ein Aktenschrank war zu sehen und ein Sideboard, auf dem mehrere Pullen Alkohol standen, die meisten von ihnen hatten eine Schleife um den Flaschenhals gebunden oder waren teilweise mit Geschenkpapier umwickelt.

»Hier, schau mal! Die ist wohl hinter den Schrank gerutscht, ich habe sie gefunden.« Lena Hansen deutete auf die geöffnete Packung, die auf dem Fußboden lag. «Ich habe sie auch mit einem Taschentuch angefasst! Wegen der Fingerabdrücke.«, fügte sie stolz hinzu.

»Sehr gut!« Fenna holte sich Einweghandschuhe aus der Jackentasche, zog sie über und nahm die schwarz-goldene Schachtel in die Hand. Kein Wunder, dass sie die Schachtel auf den Polizeifotos nicht gesehen hatte. Die Wohnung von Otto Kretschmer wurde von ihren Kollegen vorerst nur oberflächlich unter die Lupe genommen, da es sich nicht um den Tatort handelte. Sie hob den Deckel an und tatsächlich fehlten vier Pralinen. »Die müssen schleunigst ins Labor.«

Hoschi hatte unterdessen eine Beweistüte hervorgezaubert und reichte sie seiner Kollegin. »Was ist das denn für eine Firma?«, fragte er.

Fenna schloss den Deckel und drehte die Schachtel um. Dort waren die jeweiligen Geschmacksrichtungen aufgeführt, alle Pralinen enthielten Alkohol. Weinbrand, Sherry, Champagner, Rum, Obstler und Whisky. »Die kommen aus dem Feinkostgeschäft *Goldener Seestern*, genau wie die Champagnerflasche und die Käsehappen, die wir in der Garderobe von Otto gefunden haben«, gab Fenna Antwort und tütete die Schachtel ein.

»Dann müssen wir in das Geschäft und fragen, ob die Verkäuferinnen sich an Kunden erinnern können, die die Pralinen gekauft haben, oder?«, schlug ihre Mutter vor.

Fenna stimmte ihr durch ein Kopfnicken zu. »Ein Versuch ist es wert, obwohl ich mir vorstellen kann, dass sich das nicht mehr nachvollziehen lässt. Von den Pralinen werden die sicherlich nicht nur drei Packungen verkauft haben«, gab sie zu bedenken.

Lena Hansen klatschte in die Hände und strahlte ihre Tochter begeistert an. »Na dann, worauf warten wir?«

Fenna lächelte über den Enthusiasmus ihrer Mutter und reichte Hoschi die Tüte. »Hier, nehmt ihr die Pralinen und fahrt schon zum Feinkostgeschäft. Ich komme gleich nach.«

Die beiden verließen die Wohnung und Fenna schaute sich noch in Ruhe dort um. Es war in keinem der Zimmer irgendein Hinweis zu finden, der auf eine Frau hindeutete. Otto war in dieser Hinsicht sehr vorsichtig gewesen. Außer im Bad. In dem weißen Waschbeckenunterschrank fand Fenna eine Schachtel, die die Größe eines Schuhkartons hatte. Sie nahm den Deckel ab und stutzte. Zum Vorschein kamen: eine Zahnbürste, eine Haarbürste, diverse

Hygieneartikel, einige Make-up-Utensilien und eine kleine Flasche Parfüm. Also hatte Otto, öfter von einer bestimmten Dame Besuch gehabt. Ob die Sachen Silvia Höfner gehörten? Fenna machte mit ihrem Smartphone Fotos von den Gegenständen und da in der Bürste einige blonde Haare vorhanden waren, steckte sie diese für einen DNA-Test in eine Extra-Tüte. Silvia Höfner hatte blondes Haar. Zum Schluss sprühte sie etwas Parfüm in die Luft. *Sundance* stand auf der Flasche und war von einem gewissen Domino Dance, den Fenna nicht kannte. Der Duft war ihr auch viel zu süß und zu schwer. Sie wedelte die Parfümwolke fort und musste im nächsten Moment davon niesen. Sie stellte den Karton zurück in den Schrank und verließ die Wohnung. Sie versiegelte erneut die Tür und hatte gerade ihr Rad aufgeschlossen, als eine ältere Dame ihr von Gegenüber zurief: »Moin! Das ist ja schrecklich, was mit dem Otto passiert ist! Haben Sie den Mörder schon gefunden?«

Fenna schob das Rad über die Straße und blieb am weißen Gartenzaun stehen. »Moin! Wir stecken noch in den Ermittlungen. Kannten Sie Herrn Kretschmer?«

»Ja, aber sicher! Ich wohne hier schon über fünfzig Jahre, da kennt man die Nachbarschaft!«

»Hatte Herr Kretschmer in letzter Zeit Damenbesuch?«, fragte die Kommissarin. Es ging doch nichts über Nachbarschaftsgetratsche und diese Dame machte den Eindruck, dass sie alles und jeden in der Straße kannte.

»Also, nicht dass es mich was angehen würde, aber der Mann hatte stetig Besuch von Damen. Irgendwann habe ich aufgehört, sie zu zählen. Otto war ein echter Schwerenöter, das kann ich Ihnen sagen. Aber er war immer sehr nett und höflich, hat mich stets gegrüßt oder mir die schweren Einkäufe ins Haus getragen«, plapperte die Frau drauflos.

»Können Sie sich vielleicht an eine Frau erinnern, die Herr Kretschmer erst seit einiger Zeit zur Freundin hatte und die öfter bei ihm gewesen ist?«, hakte die Polizistin nach.

Die ältere Dame nickte und sagte: »Ja, ich habe ab und zu eine Frau aus der Wohnung von Otto kommen sehen«, bestätigte sie.

»War es immer dieselbe Frau?«

»Ich habe sie immer nur aus der Ferne betrachten können und da ich fünfundachtzig Jahre alt bin und meine Augen nicht mehr so gut funktionieren, habe ich sie nicht wirklich erkennen können. – Aber

Sie riechen wie die Dame!« Die Frau kam näher an die Polizistin und schnupperte. »Ja, der starke Duft war immer bis auf meine Straßenseite zu riechen.«

»Das ist nicht mein Parfüm, sondern ich habe eine Flasche davon bei Herrn Kretschmer gefunden«, stellte Fenna das richtig. Sie wollte auf keinen Fall mit diesem süßlichen Duft in Verbindung gebracht werden. Aber vielleicht konnte sie so die Frau ausfindig machen. Silvia Höfner hatte auf keinen Fall nach diesem Parfüm geduftet, das wäre ihr sofort aufgefallen. Oder sie legte es nie im Dienst auf. Die Polizistin fragte weiter: »Können Sie die Frau denn beschreiben?«

Die ältere Dame nickte und zählte ihre Erinnerungen auf. »Ungefähr so groß wie Sie, hat blonde Haare, die ihr bis auf die Schulter gehen … ja, und schlank war sie – und schick angezogen.«

»Wenn ich Ihnen ein Bild der Frau zeige, würden Sie sie wiedererkennen?«

»Das kann ich Ihnen nicht versprechen. Ich könnte die Dame sicherlich am Duft erkennen!«, sagte sie und kicherte über ihre letzten eigenen Worte.«

»Gut, danke Frau …?« Die Kommissarin sah sie fragend an.

»Maria Wessels.«

»Mein Name ist Fenna Hansen. Ich komme gern auf Sie zurück und bedanke mich für die Informationen, Frau Wessels. Einen schönen Tag noch!«, verabschiedete sich die Kommissarin und schwang sich auf das Rad. Sie fuhr direkt zum Feinkostgeschäft *Goldener Seestern* und musste das letzte Stück schieben, da sie durch die Fußgängerzone ging. Unzählige Passanten suchten die niedlichen Läden auf, in denen es alles Mögliche zu kaufen gab. Von Insel-Souvenirs, maritimer Kleidung, Schuhgeschäfte, sowie Cafés und Eisdielen wurde jedem etwas geboten.

Ihre Mutter und Hoschi standen vor dem Feinkostgeschäft und wirkten nicht glücklich.

»Und? Konntet ihr etwas erfahren?«, fragte Fenna und stützte sich mit den Armen auf dem Lenker ab.

Lena Hansen schüttelte den Kopf und seufzte. »Nicht wirklich. Die Pralinen kosten fünfunddreißig Euro. Es gab sie aber vor zwei Wochen im Angebot für fünfundzwanzig Euro, und da wurden alle verkauft. Somit hat sich das mit dem verdächtigen Kunden erledigt.«

Hoschi ergänzte: »Und die Inhaber sind auf einer Messe und kommen erst die Tage wieder.«

»Otto musste eine feste Freundin haben, denn ich habe im Bad einen Karton gefunden, in dem sich mehrere Utensilien befinden, die darauf hindeuten, dass eine Frau dort regelmäßig übernachtet hat«, teilte Fenna den beiden mit.

Ihre Mutter rümpfte die Nase. »Und sie benutzt ein schreckliches Parfüm. Oder ist das etwa dein eigenes?«

Fenna machte ein entsetztes Gesicht und rief: »Um Himmels willen, nein! Ich habe es nur vor mir in die Luft gesprüht. Es ist echt penetrant und anhänglich.«

»Dann werden wir allein durch den intensiven Duft die Dame ausfindig machen«, bemerkte Lena Hansen.

»Tja, Mama, dann viel Spaß beim Durchschnuppern von Tausenden von Frauen, die sich zurzeit auf Norderney befinden!«

Hoschi lachte und ihre Mutter stieg mit ein. Nachdem die beiden sich wieder beruhigt hatten, sagte Lena Hansen: »Soll ich heute Abend noch mal bei dir kochen? – Und wie wäre es, wenn Hoschi und Henning mitessen?«

»Ich will euren Frauenabend nicht stören!« Er hob die Hände.

Lena verpasste Hoschi einen freundschaftlichen Knuff gegen die Schulter. »Du störst doch nicht. Außerdem können wir uns in Ruhe über den Fall unterhalten und Pläne schmieden, wie wir weiter ermitteln können.«

Fenna zog eine Grimasse und witzelte mit entsetzter Stimme: »Mama, ich weiß nicht, ob ich mich über deinen Wandel freuen oder ängstigen soll?«

Diesmal erhielt Fenna einen Knuff gegen den Arm. »Es ist total aufregend, und die Vorstellung, dass der Mörder oder die Mörderin noch auf freiem Fuß ist, ärgert mich.«

»Und ich muss zurück zur Polizeistation, sonst ärgert Henning mich. Ich lade ihn für heute Abend ein. – Warte, du kannst meinen Hausschlüssel haben und schon eher in die Wohnung.«

»Ja, und ich kann schon mal das Essen vorbereiten.« Ihre Mutter nahm den Schlüssel entgegen, hob die Hand und die beiden mischten sich unter das Volk.

Fenna schob das letzte Stück und wollte gerade losradeln, als jemand ihren Namen rief. Sie drehte sich um und entdeckte Doktor Sven Perick. Worauf ihr Herz einen aufgeregten Satz machte.

14. Kapitel

»Hey, was macht der Fall? Kommt ihr mit euren Ermittlungen voran?«, erkundigte sich der Doc.

Fenna wiegte den Kopf langsam hin und her. »Na, nicht so wirklich. So, wie es aussieht, haben wir es mit zwei Tätern zu tun.«

Sven Perick zog seine rechte Braue hoch und fragte schockiert: »Mit zwei Tätern? Ist noch jemand umgebracht worden?«

»Nein, aber Otto Kretschmer wurde von zwei Personen getötet. – Die Obduktion hat ergeben, dass Otto nachmittags mit Pralinen vergiftet wurde und dass er kurz vor seinem Auftritt eine Überdosis Insulin verabreicht bekommen hat, worauf er bewusstlos wurde und die Person ihn dann noch mit einem Kissen erstickt hat«, zählte Fenna die traurigen Umstände seines Ablebens auf.

»Das klingt ja wie in einem schlechten Hollywood-Film!« Der Doc war sichtlich entsetzt. »Die Krabbe schien nicht sehr beliebt gewesen zu sein«, fügte er mit einem schiefen Grinsen hinzu.

»Die Krabbe?«, wiederholte die Kommissarin verwirrt. »Meinst du etwa Otto damit?«

Sven strich sich verlegen über seine Nase und räusperte sich. »Entschuldige bitte, ich wollte nicht respektlos gegenüber einem Toten sein, aber im Krankenhaus nennen ihn alle die tote Krabbe, weil die Theatergruppe, aus der er kommt, die *Flotten Krabben* heißt. Ist mir so rausgerutscht.«

Fenna winkte seine Verlegenheit mit einer laschen Handbewegung fort. »Ach, mein Vater und ich kommen besser mit dem Tod klar, wenn wir einen makabren Scherz darüber machen. Der Lieblingsspruch meines Vaters ist: Wer früher stirbt, ist länger tot.«

Sven musste lachen. »Na, ihr seid mir aber eine seltsame Pastorenfamilie.«

Die Kommissarin zuckte mit den Schultern und wechselte das Thema. »Sag mal, weißt du als Arzt, wie eine normale Person an Gift kommen kann?«

Er stutzte im ersten Moment und brachte mit gespieltem Ernst vor: »Willst du etwa jemanden um die Ecke bringen? Versau dir nicht deine Karriere bei der Polizei. – Und: Eine normale Person, die sich Gift besorgen will, würde ich als unnormal bezeichnen.«

Fenna blieb todernst und genauso antwortete sie ihm: »Aber meine Mutter nervt einfach zu sehr.«

Der Doc spielte mit. »Ich unterliege zwar der ärztlichen Schweigepflicht, aber bei Mord kann ich schon zur Polizei gehen. – Aber jetzt zurück zu deiner Frage: Wenn die Person sich Gift aus einer Apotheke besorgen möchte, muss sie sich ausweisen und wird registriert. Sollte es in deren Umfeld einen Tod durch Gift geben, kann somit zurückverfolgt werden, wer das Gift wo und wann gekauft hat.«

»Interessant. Und die illegale Anschaffungsweise wäre bestimmt das Internet, oder?«

»Wohl eher das Darknet. Aber klar, es gibt nichts, was du nicht im weltweiten Netz besorgen kannst. Jetzt frage mich aber nicht nach Adressen, da kenne ich mich nicht aus«, beteuerte Sven und hob entschuldigend die Hände.

»Dafür haben wir beim Landeskriminalamt IT-Spezialisten, die sich mit Cyberkriminalität auskennen. Danke für deine Auskunft, Sven!«

»Und? Wie gefällt deiner Mutter Norderney? Sie hatte ja keinen erfreulichen Start – gleich mit einer Leiche den Urlaub zu beginnen, stelle ich mir nicht gerade traumhaft vor«, schlug der Doc ein anderes Thema an.

Fenna hob den rechten Zeigefinger und antwortete mit betont sachlicher Stimme: »Meine Mutter verwandelt sich gerade von einer romantischen Rosamunde Pilcher zu einer rätsellösenden Miss Marple!«

Der Doc lachte. »Das freut mich zu hören. Bestelle ihr liebe Grüße von mir, ich muss leider weiter, sonst hätte ich dich auf einen Kaffee eingeladen.«

Die letzten Worte verursachten tatsächlich eine Pulserhöhung bei der Kommissarin und sie räusperte sich. »Ja, ich muss auch weiter, sonst gibt Henning eine Vermisstenanzeige raus.« Auf die Kaffeeeinladung ging sie nicht näher ein, schwang sich aufs Rad, hob die Hand und radelte in Richtung Tannenstraße, in der die Polizeistation lag.

Nachdem Fenna das Polizeirad zurück auf den Hof gestellt und abgeschlossen hatte, eilte sie die Treppen zum Eingang hoch. Ben Frickenschmitt kam ihr entgegen. »Moin, Fen! Henning hat Neuigkeiten in eurem Fall.«

»Echt?« Sie schaute ihren Kollegen gespannt an.

»Ja, aber das sagt er dir selbst, ich muss zum Arzt – wir sehen uns!«, rief er ihr im Weggehen zu.

»Okay! Danke!« Fenna ging zu ihrem Schreibtisch. Der von Henning war unbesetzt. Sie konnte aber seine Stimme hören, die aus dem Büro von Wiemer kam. Hm? Dann gab es bestimmt sehr wichtige Neuigkeiten in dem Fall *Tote Krabbe*. Fenna seufzte, jetzt bezeichnete sie das Opfer auch schon als Tote Krabbe, so wie der Doc zuvor. Sie nutzte die Gelegenheit und holte sich einen Kaffee aus der Küche und rief beim Landeskriminalamt auf dem Festland an, um sich in Sachen Darknet zu informieren. Während des Telefonates erschien ihr Kollege und setzte sich an den gegenüberliegenden Schreibtisch. Als er das Wort *Darknet* von Fenna hörte, warf er ihr einen interessierten Blick zu.

»Ja, super, ich danke dir – ich komme sicher noch mal auf dich zurück. Danke!« Fenna legte den Hörer auf und bevor sie ihren Kollegen informieren konnte, fragte er: »Darknet? Fen, muss ich mir etwa Sorgen machen, dass du deine Mutter um die Ecke bringen möchtest?«

Sie ging auf seinen Scherz nicht näher ein und sagte: »Sunil, der beim Landeskriminalamt in der Abteilung für Cyberkriminalität arbeitet, hat mir ganz interessante Dinge über das Darknet erzählt.«

»Du hast mit einem Waschmittel telefoniert?«, zog er sie mit seinem trockenen Humor auf.

Und genauso trocken erwiderte seine Kollegin: »Vielleicht sollte Sunil mal dein Gehirn waschen.«

»Ihr habt beide nicht mehr alle Latten am Zaun!«, erklang die tiefe Stimme von Hoschi neben ihren Schreibtischen. Fenna wunderte sich immer, wo und wie plötzlich ihr Kollege aus dem Nichts auftauchte und alles mitbekam.

Sie rümpfte die Nase. »Das sagt der Richtige!«

Henning haute mit der flachen Hand auf den Tisch, worauf die beiden ihn aus großen Augen ansahen. »Jetzt ist Schluss mit lustig. Wir haben einen Mord aufzuklären. – Was habt ihr erfahren? Und wieso erkundigst du dich über das Darknet?«, richtete er die Frage an seine Kollegin.

Fenna klärte beide über das Darknet auf und dass sie von der Cyberkriminalabteilung erfahren wollte, wie eine Person aus dem alltäglichen Leben sich Gift besorgen konnte. »Hat die

Gerichtsmedizin sich inzwischen gemeldet und uns gesagt, um welches Gift es sich genau handelt?«

»Nein, bei so einer brisanten Angelegenheit benötigen die Jungs immer etwas länger. Also müssen wir davon ausgehen, dass sich der erste Mörder oder die Mörderin im Darknet auskennt, um an ein bestimmtes Gift zu kommen?«, fasste Henning zusammen.

»So hat es mir Sunil gesagt. Aber, ich habe noch was herausgefunden.«

»Schieß los!«, forderte Hoschi.

Fenna berichtete Henning von dem Karton, den sie im Bad von Otto gefunden hatte und was sich darin befand.

»Ach, deshalb stinkst du so. Der Duft erinnert mich an ein Spray fürs WC«, neckte Henning seine Kollegin.

»Ha! Ha! Ha!«, kam es von Fenna zurück.

»Wohl eher wie im Puff!«, setzte Hoschi noch einen drauf.

Hauptkommissar Wiemer erschien und hatte den Satz von Hoschi mitbekommen. »Hier geht niemand in den Puff! – Der Anwalt von Silvia Höfner kommt gleich – wenn ihr also noch mal mit der Dame reden wollt, dann jetzt!«

Fenna sprang vom Stuhl auf und salutierte. »Geht klar, Chef!«

Wiemer entschwand in die Küche.

»Hast du Henning schon eingeladen?«, erkundigte Hoschi sich, worauf sein Kollege ihn neugierig ansah.

Fenna klärte den Kommissar auf. »Meine Mutter kocht heute Abend und sie würde sich freuen, wenn ihr beide mitessen würdet.«

»Sehr gern.« Henning klatschte in die Hände. »Dann mal los. Silvia Höfner weiß noch nicht, dass ich herausgefunden habe, dass mir ihr Kollege Basti bestätigt hat, dass im Medikamentenschrank eine Ampulle Insulin fehlte. Basti hat daraufhin Silvia angesprochen und sie hat ihm versichert, die Ampulle wäre ihr zu Boden gefallen und zerbrochen. Damit war für ihn das Thema erledigt, so etwas kann schon mal passieren. Aber, was noch hinzukommt, ist: Silvia hat extra ihren Dienst getauscht, um an dem Tag der Aufführung, im Inseltheater sein zu können.«

Fenna nickte. »Das hört sich nicht gut an – dann mal los!«

15. Kapitel

Timo Klein hatte die Verdächtige bereits aus der Arrestzelle in den Verhörraum geführt. Silvia Höfner blickte kurz zu den Beamten auf, als diese das Zimmer betraten. Ihr Gesichtsausdruck hatte sich im Vergleich zum Vortag nicht großartig verändert. Sie zog eine Flappe wie sieben Tage Regenwetter und sagte sofort mit grimmiger Stimme: »Ich muss nicht mit Ihnen reden. Mein Anwalt kommt gleich!«

Henning und Fenna wirkten unbeeindruckt und nahmen ihr gegenüber Platz.

»Das brauchen Sie auch gar nicht Frau Höfner, es reicht, wenn Sie uns zuhören«, erwiderte der Kommissar freundlich und legte eine kurze Pause ein. Dann sprach er sachlich weiter: »Wie Sie ja bereits wissen, hat die Obduktion ergeben, dass Otto Kretschmer aufgrund einer Überdosis Insulin in einen hypoglykämischen Schock gefallen ist. Das führt zu einem Absinken der Blutglukose und zur Bewusstlosigkeit.«

»Ach? Was Sie nicht sagen. Ich bin Sanitäterin, ich weiß das.«

Henning sprach weiter: »Und, weil Sie das wissen, Frau Höfner, haben Sie dem Opfer eine Überdosis Insulin verabreicht. Die Forensik hat Spuren von dem Mittel in der Flasche, in einem der Gläser und sogar im Korken vorgefunden. Aber, um ganz sicherzugehen, dass Otto Kretschmer wirklich stirbt, haben Sie ihn zusätzlich mit einem roten Sofakissen erstickt. Es wurden Fasern in seiner Lunge gefunden.«

Die Verdächtige mied es, den Kommissar anzusehen und erwiderte in einem trotzigen Ton: »Ich habe nichts damit zu tun!«

»Wir haben bei Ihnen in der Wohnung eine benutzte Spritze und eine leere Ampulle Insulin gefunden«, konfrontierte der Beamte sie mit dem Ergebnis ihrer Wohnungsdurchsuchung.

Silvia Höfner schwieg und schmollte.

Der Kommissar schlug einen härteren Ton an. »Ihr Kollege konnte uns bestätigen, dass eine Ampulle Insulin aus dem Medikamentenschrank ihrer Einsatzzentrale fehlte und Sie ihm sagten, sie wäre Ihnen zerbrochen.«

»Ist sie ja auch!«, schnauzte sie zurück.

Henning grinste sie provozierend an und genauso klangen seine folgenden Worte: »Und warum haben Sie die Schicht getauscht? Sie hätten eigentlich an dem Tag frei gehabt?«

»Darf ich etwa meine Schicht nicht tauschen? Das gibt extra Geld!«, rechtfertigte sie ihre Entscheidung.

Der Kommissar gab seiner Kollegin durch ein Nicken zu verstehen, dass sie weitermachen sollte. Er lehnte sich zurück und verschränkte die Arme.

Fenna hatte in der Zwischenzeit ihr Smartphone hervorgeholt und zeigte der Verdächtigen die Fotos von den Utensilien, die sie in der Wohnung von Otto Kretschmer gefunden hatte. »Sind das Ihre Sachen?«

Silvia Höfner warf einen Blick drauf und ihr eh schon grimmiger Gesichtsausdruck verdunkelte sich nach dem Betrachten noch mehr. »Nein.« Plötzlich rümpfte sie die Nase und musste niesen. »Was tragen Sie denn für ein grausames Parfüm!«, motzte sie und musste erneut niesen.

»Haben Sie eine Ahnung, wem die Sachen gehören könnten?«, fragte die Polizistin. Durch die allergische Reaktion auf das Parfüm, dass noch immer an ihr haftete, bestätigte Silvia Höfner indirekt, dass es tatsächlich nicht ihre Gegenstände waren. Nie und nimmer würde eine Frau sich ein Parfüm auftragen, wenn diese darauf allergisch reagieren würde. Und der miese Gesichtsausdruck, nachdem Silvia die Bilder betrachtet hatte, bestätigte der Kommissarin, dass die Sanitäterin ahnte, dass ihr lieber Otto eine andere Flamme hatte.

Die Verdächtige verschränkte die Arme und schüttelte den Kopf. »Ich war nie in Ottos Wohnung. Wir haben uns immer bei mir getroffen. Er sagte, die oberen Räume würden renoviert werden und es wäre ziemlich laut.«

Kluges Kerlchen. Somit hat er die andere Freundin in seinen eigenen vier Wänden untergebracht und Silvia Höfner bekam davon nichts mit, dachte die Kommissarin und fuhr fort: »Ich glaube, dass Otto mit Ihnen Schluss gemacht hat, weil er eine andere Frau liebt. Sie haben nach der Probe mit ihm darüber gesprochen und es kam zum Streit. Abends, nach der Aufführung, haben Sie dann die Chance genutzt und ihn in seiner Garderobe mit einer Flasche Champagner und Käsehappen besucht. Sie haben sich bei ihm entschuldigt oder sogar versucht, die Beziehung zu retten. Aber Otto wollte nicht und irgendwie haben Sie ihn dazu gebracht, den

Champagner zu trinken. Dann brauchten Sie nur etwas warten, bis er den Schock bekam, bewusstlos wurde und Sie ihn mit dem Kissen ersticken konnten. Da hinter den Kulissen und bereits vor dem Saal, sowie in der Lobby, viel los war, fiel es niemand großartig auf, wo Sie sich herumgetrieben haben. Außer eine Zeugin, die hat Sie aus der Garderobe kommen sehen, aber da lebte Otto noch. Es war Beatrix Rakel, die Managerin der *Flotten Krabben*. Nach dem Auftritt traf sich die Gruppe kurz hinter der Bühne, redete über die Show und Otto war der Einzige, der in seine Garderobe verschwand. Sie suchten ihn auf und brachten ihn um.«

In der nächsten Sekunde platzte ein wutentbrannter Herr Stein in das Verhörzimmer und polterte los: »Sie dürfen nicht mit meiner Mandantin alleine sprechen – wie oft denn noch?«

»Frau Höfner brauchte nur zuhören, Herr Stein. Sie gehört ganz Ihnen«, entgegnete Henning mit seiner ruhigen Stimme. Die beiden Beamten verließen den Raum und brachten den Hauptkommissar auf den neusten Stand der Dinge. »Gut, dann haben wir eine Mörderin, aber wer ist die andere Person? Und wer hatte es zuerst auf Herrn Kretschmer abgesehen?«

»Es war bestimmt die Frau mit dem schlechten Parfümgeschmack«, äußerte Fenna ihre Vermutung. »Hier, kannst du das riechen? Das stammt aus dem Flakon der unbekannten Dame.« Sie hielt ihren Arm hin, worauf Wiemer die Nase verzog. »Ah, du bist das … habe mich schon gefragt, ob Bruni neue WC-Steine für unsere Dienststellentoiletten besorgt hat.«

Ehe die Kommissarin etwas darauf erwidern konnte, lachte Henning los und Wiemer war in seinem Büro verschwunden.

Henning schnappte sich seine Jacke, die über seinem Bürostuhl hing und sagte: »Ich gehe noch nach Hause und dusche kurz. Solltest du übrigens auch, damit der WC-Duft verschwindet. Bin so gegen halb acht bei dir. Soll ich noch was mitbringen?«

»Ja, Frischhalteboxen, so wie ich meine Mutter kenne, hat sie für eine ganze Kompanie gekocht. – Bis später!«

*

Pünktlich um neunzehn Uhr erschien Hoschi. Er brachte noch zwei Flaschen trockenen Rotwein mit. Lena Hansen wirbelte in der Küche umher und es duftete bereits herrlich nach frischen Kräutern. Heute gab es Scholle mit Salzkartoffeln und in Knoblauch geschwenktes Pfannengemüse. Fenna huschte flink unter die Dusche, zog sich eine Jeans und eine pinke Leinenbluse an, legte ein dezentes Make-up auf und ihr eigenes, gut duftendes Parfüm. Jetzt fühlte sie sich wieder frisch und roch nicht mehr nach WC-Stein.

Der Küchentisch war eingedeckt, das Essen so gut wie fertig, es fehlte nur noch Henning, der, auf die Sekunde genau, um halb acht an der Tür klingelte. »Blumen?« Fenna war überrascht, als ihr Kollege mit einem kleinen Strauß vor ihr stand.

»Die sind nicht für dich, sondern für deine Mutter, immerhin bekocht sie mich.« Er grinste sie lausbubenhaft an und ging schnurstracks in die Küche.

Fenna schüttelte lachend den Kopf, schloss nach ihm die Wohnungstür und folgte ihm in die Küche.

»Ach, du heilige Scheiße…«, entfuhr es Henning, als er die von ihm angebrachten Magnettafeln an der Küchenwand sah. Er war in der Zwischenzeit noch nicht wieder bei ihr gewesen. »Du bist ja verrückt! Wie viele Magnete sind das denn?«

»Habe ich vergessen, müssten so um die zweihundert sein«, antwortete sie.

»Ich war mal eine Zeit lang so bekloppt und habe den ganzen Kitsch aus den Ü-Eiern gesammelt! Vier Kartons voll dem Zeugs, alles auf dem Flohmarkt verkauft«, beichtete Hoschi seine Sammlersünde aus vergangenen Tagen.

»Fen sammelt seit ihrem zehnten Lebensjahr. Wir waren auf Mallorca, da hat sie ihre ersten Magneten bekommen«, erzählte Lena Hansen.

Henning nickte anerkennend und hielt noch den Blumenstrauß in der Hand. »Oh, Lena, die sind für dich, danke für die Einladung.«

Lena Hansen freute sich über den Blumengruß und verlangte von ihrer Tochter eine Vase. Da sich in Fennas Haushalt keine Vase befand, hielt sie ihrer Mutter einen kleinen pinken Putzeimer vor die Nase. »Das ist nicht dein Ernst, Fen? Du besitzt keine einzige Blumenvase?«

»Nöh. Wünsche ich mir zu Weihnachten«, entgegnete sie mit einem schiefen Grinsen im Gesicht.

»Wir haben noch nicht mal richtig Sommer, bis Weihnachten ist noch lange hin, mein Fräulein.« Lena Hansen nahm kopfschüttelnd den Eimer, befüllte ihn mit Wasser und stellte den Strauß hinein.

»Macht sich super, so ein pinker Putzeimer auf dem Tisch«, säuselte sie vor sich hin und verfrachtete das gute Stück sicherheitshalber auf den Fußboden.

»Ach Mama, was soll ich denn mit Blumenvasen? Du tust ja so, als würde ich jede Woche einen Strauß Blumen geschenkt bekommen.«

Hoschi warf dazwischen: »Du hast einen von Frau von Zarow erhalten, als Dankeschön, als du ihr die Handtasche wieder besorgt hast.«

Fenna rollte theatralisch mit den Augen und seufzte. »Erinnere mich nur nicht daran.«

»Wie gehts eigentlich deiner Wunde? Tut sie noch weh?«, zog Henning seine Kollegin mit einem zwinkernden Auge auf.

»Da Doktor Perick ein begnadeter Arzt ist, hat er die Wunde sorgfältig genäht – von dem Schnitt ist nichts mehr zu sehen!« Sie streckte ihr Kinn vor.

»Kinders, setzt euch – Essen ist fertig!«, schallte Lena Hansen dazwischen.

Jeder nahm Platz, Hoschi schenkte allen ein Glas Wein ein und es kehrte während des Essens Ruhe ein. Danach räumten die Männer den Tisch ab, Lena Hansen spülte und Fenna übernahm das Abtrocknen.

»Was meint ihr denn, wer der zweite Mörder von Otto sein könnte?«, eröffnete Hoschi die Diskussionsrunde.

Lena warf einen Blick über die rechte Schulter zu den beiden Männern, die am Küchentisch saßen und meinte: »Ich wette, dass es auch eine Frau ist. Frauen greifen statisch gesehen sehr oft zu Gift, jedenfalls im 19. Jahrhundert.«

»Und das weißt du so genau – weil?« Henning schenkte Hoschi und sich Wein nach.

»Weil ich viele historische Filme gesehen habe«, antwortete sie überzeugend.

Hoschi hob das Glas. »Hört! Hört! Mylady hat gesprochen!«

Alle lachten.

»Aber meine Mutter hat recht. Frauen haben in dieser Zeitepoche wirklich oft Gift angewandt, um ihren schrecklichen Ehemann loszuwerden oder Könige vom Thron zu stoßen«, unterstützte Fenna ihre Mutter. »Ich habe das heute mal im Internet recherchiert.«

Lena drückte den Spüllappen aus und legte ihn zur Seite. »Und wie kam die Täterin an das tödliche Mittel? Ich wüsste nicht, wo ich Gift herbekommen könnte – obwohl« Sie tippte sich an ihre Lippen. »Blumendünger geht immer.«

»Mama! Muss ich mir etwa Sorgen machen, dass Papa gar nicht in Emlichheim ist, sondern schon durch Blumendünger vergiftet wurde und irgendwo in der Walachei vor sich hinblümt?«, witzelte ihre Tochter makaber und hatte lebhafte Bilder im Kopf. Auf dem toten Körper ihres Vaters wucherte bereits das Moos und eine Efeuranke wickelte sich um seinen Kopf. Sie schob die blöden Gedanken beiseite. Sie schaute einfach zu viele Horrorfilme.

Henning und Hoschi schüttelten lachend den Kopf.

Lena schlug mit einem Handtuch nach ihrer Tochter und verdrehte die Augen. »Du hast eindeutig die Fantasie von deinem Vater geerbt! – So, jetzt aber im Ernst, wo bekomme ich Gift her? Apotheke? Das ist doch zu auffällig.«

»Ich habe heute den Doc getroffen und er –«, begann Fenna und wurde von ihrer Mutter unterbrochen. »Du hast den feschen Arzt getroffen? Wieso hast du mir das nicht erzählt? Er hätte auch zum Essen kommen können!«

Fenna spürte, dass sie tatsächlich rosa Wangen bekam. Sie strich sich eine verirrte Haarsträhne aus dem Gesicht. »Ich kann doch nicht jeden Hans und Franz zu mir nach Hause einladen.«

»Der Doc ist doch kein Hans oder Franz?« Lena wedelte mit der Hand durch die Luft und begab sich zum Tisch. »Ist ja auch egal – noch bin ich ein paar Tage auf der Insel und werde sicherlich noch mal für dich kochen. Und für den feschen Arzt.«

Henning warf seiner Kollegin einen seltsamen Blick zu, so, als würde ihm die Vorstellung nicht gefallen, dass der Doc hierher zum Essen kommen sollte. Er überspielte es schnell, indem er die Weinflasche hob und auf ihr leeres Glas deutete. »Darf ich dir noch einschenken?«

»Sicher, gern.« Fenna nahm ihm gegenüber Platz und schob ihm das Glas entgegen.

»Willst du deine Tochter etwa mit dem Arzt verkuppeln?« Für Hoschi war das Thema leider noch nicht vom Tisch.

Fenna hielt den Atem an und warf ihrer Mutter einen warnenden Blick zu.

»Nein, nein! Fen soll ihr Leben als Single so lange es geht genießen. Ich finde den Arzt nur nett«, bekam Lena gerade noch mal die Kurve.

»Nett ist die kleine Schwester von Scheiße!«, haute Hoschi raus und hob sein Glas. »Auf das wir die Giftmörderin finden werden und vielen Dank für die Einladung! Es war köstlich!«

Die vier prosteten sich zu und philosophierten noch zwei Stunden über den Fall. Das Ergebnis lautete: Sie hatten keinen blassen Schimmer!

Am nächsten Morgen erschien überraschenderweise der Anwalt von Frau Höfner auf der Polizeiwache. »Frau Höfner möchte in meinem Beisein mit Ihnen reden.«

Fenna warf Henning einen verwunderten Blick zu und stand auf. »Sehr gern. Ich werde sie holen.«

Der Kommissar begleitete den Anwalt in das Verhörzimmer. »Möchten Sie einen Kaffee?«

»Nein!«, kam es unfreundlich von ihm zurück.

Henning setzte sich und wollte von dem Anzugträger erfahren: »Also haben Sie den Bericht des Staatsanwaltes gelesen?«

Herr Stein wirkte, wie sein Name es schon erahnen ließ, kalt und emotionslos. »Sonst wäre ich nicht hier. Ich habe heute bereits sehr früh mit meiner Mandantin telefoniert.«

Die Tür öffnete sich und die beiden Frauen traten ein. Silvia Höfner nickte ihrem Anwalt zu und setzte sich neben ihn. Sie wirkte geknickt und dunkle Ringe lagen unter ihren Augen.

»Na dann, schießen Sie los, Herr Stein«, verlangte der Kommissar.

Er legte die gefalteten Hände auf den Tisch. »Meine Mandantin bekennt sich schuldig.«

»Wir sind gespannt, Frau Höfner. Warum haben Sie Herrn Kretschmer getötet?«, stellte die Kommissarin die Frage.

Sie hob den Blick und Fenna konnte sehen, wie ihr ganzer Körper zu zittern begann. Zwei Tage und Nächte in einer Arrestzelle zu verbringen, brachte viele Straftäter oder Straftäterinnen oft zur Einsicht. Die betroffenen Personen konnten ihre Schutzmauer meistens nicht aufrechterhalten und knickten ein. So schien es auch Frau Höfner zu gehen. Ihre Hände lagen auf dem Tisch und ihre Finger spielten nervös miteinander.

»Frau Höfner? Wenn Sie den Mord gestehen, wirkt sich das positiv auf das Urteil aus«, sagte Fenna in einem sanften Ton.

»Das habe ich meiner Mandantin bereits mitgeteilt«, zickte der Anwalt.

Stille.

Silvia Höfner räusperte sich und schaute die beiden Beamten aus feuchten Augen an. »Ich habe ihn über alles geliebt.« Dann brach sie in Tränen aus und schluchzte herzzerreißend.

Fenna griff in ihre Hosentasche, holte ein Taschentuch hervor und reichte es ihr. »Hier.«

Silvia nahm es dankend an und schnäuzte sich, bevor sie weitersprach. »Ich war seit sechs Wochen mit Otto zusammen, wir waren so glücklich … und dann, wie aus heiterem Himmel, machte er mit mir Schluss. Er sagte, er würde mich nicht mehr lieben und eine Solokarriere anstreben, da würde eine Frau an seiner Seite nur stören … ihn um seine Bühnenausstrahlung bringen!« Silvias Kummer verwandelte sich schlagartig in Wut, und Wut brachte die meisten Menschen zum Reden. Sie zeigte einen Vogel und schafuterte weiter: »Seine Bühnenausstrahlung, dass ich nicht lache! Otto war so ein selbstverliebter, arroganter, eingebildeter Pinkel … und ich war so doof und blind vor Liebe!« Sie ballte die Hände zu Fäusten, und Fenna glaubte, dass sie damit gleich wahllos um sich schlagen würde. Doch Silvia presste die Lippen zusammen, um ihre Wut zu kontrollieren.

»Was ist an dem Tag der Aufführung passiert, Frau Höfner?«, nahm die Kommissarin den Gesprächsfaden wieder auf.

Silvia rieb sich über die Augen und nahm einen tiefen Atemzug, bevor sie antwortete. »Ich hatte einen Tag zuvor noch mal mit Otto über die Trennung gesprochen, doch er blieb stur, wollte mich nicht mehr sehen. Ich bin gegangen und habe am anderen Morgen in dem Feinkostgeschäft die Flasche Champagner und die Käsehappen gekauft – ich wusste, er mochte beides sehr gern. Zu Hause habe ich den Inhalt der Insulinampulle durch den Korken in die Flasche gespritzt und sie nachmittags schon in den Kühlschrank gestellt, der sich in seiner Garderobe befindet. Ich hing eine gefälschte Grußkarte an die Flasche, und zwar, dass sie von seiner Managerin kommt. Er sollte nicht wissen, dass die Flasche von mir ist, dann hätte er sie vielleicht nicht getrunken. Ich wusste, dass Otto zwischendurch gerne mal ein Schluck zu sich nahm, wegen der Nervosität vor den Auftritten. – Nach den Proben suchte ich noch mal das Gespräch mit ihm und ich versprach ihm alles, einfach alles, was er wollte. Er sollte nur nicht mit mir Schluss machen.« Sie verstummte und wieder blitzten Tränen in ihren Augen und sie schniefte.

Fenna fühlte irgendwie Mitleid mit der Verdächtigen. Unerfüllte Liebe war einfach grausam. Erinnerungen an ihr eigenes Leid kamen zurück. Sie war vierzehn Jahre alt gewesen und unsterblich in einen Betreuer der Konfirmantenfahrt verknallt. Christian war achtzehn Jahre alt und einfach eine coole Socke! Er glaubte an Gott und brachte Fenna zum Träumen. Doch der Traum war nach der Fahrt wie eine Seifenblase zerplatzt. Christian wurde von seiner hübschen Freundin am Busbahnhof abgeholt. Und da sie Christian in der Zeit bis zur Konfirmation noch oft über den Weg lief, dauerte es lange, bis sie ihn aus ihrem jungen Herzen streichen konnte. Liebe konnte echt grausam sein.

16. Kapitel

»Und? Wie ging es weiter?«, fragte die Kommissarin. »Es standen zwei Gläser in der Garderobe, hat er Ihnen noch etwas angeboten?«

»Nein, das muss er hingestellt haben, bevor ich ihn nach der Aufführung noch einmal aufgesucht habe. Entweder hat er auf seine neue Flamme gewartet oder auf seine Managerin. Das Grußkärtchen hing noch an der Flasche, die er aber bereits so gut wie leer getrunken hatte. Otto wurde wieder laut und unverschämt und dann, ganz plötzlich kippte er der Länge nach zu Boden und war bewusstlos. Er hatte vorher so gemeine Dinge zu mir gesagt und ist damit rausgerückt, dass er seit Monaten eine andere Frau treffen und lieben würde.« Silvia kniff die Lippen zusammen und erneut stiegen Tränen in ihre Augen. »Ich wusste, auch dieser Frau würde er das Herz brechen, wie all den anderen zuvor, und das … das … machte mich so wütend, dass ich zum Kissen griff und es ihm auf das Gesicht drückte. Ich war wie von Sinnen. Und als ich wieder klar denken konnte, fühlte ich seinen Puls – er war tot.« Sie wischte sich mit dem Handrücken die Tränen fort. »Ich hörte Stimmen vor der Garderobe, kippte den Rest des Champagners in den Ausguss, legte das Kissen zurück, nahm die Grußkarte mit und eilte hinaus. Sekunden später kam mir Frau Weßling entgegen und ich suchte Basti auf, um ihn zu sagen, dass ich Feierabend mache.«

»So, dann haben Sie ja das Geständnis meiner Mandantin und ich hoffe, der Staatsanwalt kommt ihr mit einem milderen Strafmaß entgegen«, fachsimpelte der Anwalt.

»Sie werden noch heute in Norden dem Haftrichter vorgestellt. Vielleicht haben Sie Glück im Unglück Frau Höfner, denn es hat noch jemand versucht, Otto Kretschmer zu vergiften, und zwar, bevor Sie ihn mit dem Kissen erstickt haben«, konfrontierte der Kommissar sie erst jetzt mit dem neuen Erkenntnisstand. »Deshalb ging es ihm schon Stunden vor dem Auftritt nicht gut.«

Silvia Höfner riss vor Entsetzen die Augen auf und rief: »Was?!«

Der Anwalt witterte sofort seine Chance und sagte mit fester Stimme: »Warum haben Sie uns das nicht gleich gesagt? Dann kommt meine Mandantin gar nicht als Täterin infrage! Wer hat denn den ersten Mord an Herrn Kretschmer verübt?«

»Tja, wenn wir das mal wüssten, Herr Stein. Wie gesagt, alles Weitere erfahren Sie vom Haftrichter. Schönen Tag noch!« Henning und Fenna standen auf und verließen den Raum.

»So, eine Mörderin haben wir – fehlt nur noch die zweite!«, sagte Fenna zu ihrem Kollegen und hörte im nächsten Moment die lebhafte Stimme ihrer Mutter. Lena Hansen unterhielt sich angeregt mit Bruni, die wieder irgendwelche Leckereien mitgebracht hatte. »Moin, Mama! Moin, Bruni! Na, tauscht ihr Rezepte aus?«

»Deine Chefin ist eine ausgezeichnete Bäckerin!«, lobte Lena.

»Ich bin nur die Frau des Chefs«, stellte Bruni klar, »und vielen Dank für das Kompliment.«

»Ihr seid beide meine Herzensdamen, wenn es um vorzügliches Essen oder Kuchen geht!«, warf Hoschi dazwischen. Er war wieder, wie aus dem Nichts, neben der Gruppe aufgetaucht.

Bruni und Lena wirkten sichtlich verlegen und winkten das Kompliment mit einer laschen Handbewegung fort. »Du bist und bleibst ein Charmeur!«, sagte Bruni und zwinkerte.

»Moin! Was ist denn hier los? Habe ich etwa ein Meeting verpasst?«, gesellte sich der Hauptkommissar zu ihnen und schaute fragend durch die Runde.

»Wir loben die Koch- und Backkünste von Bruni und Lena!«, trug Hoschi mit einem breiten Grinsen hervor.

Henning rollte mit den Augen und setzte sich an seinen Schreibtisch. »Und nicht zu vergessen: Wir haben noch eine Mörderin oder einen Mörder frei herumlaufen!«

Theo Wiemer klatschte in die Hände und rief seinen legendären Satz: »Hopp, hopp – ein Tag ist keine Woche, wie schnell ist nichts getan!«

Die Gruppe löste sich schleunigst auf und Lena Hansen teilte ihrer Tochter mit, dass sie sich jetzt ein Rad ausleihen wollte, um den schönen, sonnenreichen Tag zu nutzen, um die Insel zu erkunden. »Ich bin gegen siebzehn Uhr zurück. Wollen wir heute Abend essen gehen? Ich lade dich ein.«

»Klingt nach einem guten Plan. Wir schreiben uns zwischendurch. Viel Spaß!« Sie umarmte ihre Mutter.

»Muss ich auf irgendetwas achten?«, spaßte sie im Weggehen.

»Gehe nicht mit fremden Männern oder Frauen mit!« Fenna hob mahnend den rechten Zeigefinger.

*

Gegen Mittag erhielt Henning den Abschlussbericht von der Gerichtsmedizin, fasste deren Inhalt mit seinen eigenen Worten zusammen und erzählte Fenna davon. »Wie wir schon wissen, wurde Otto Kretschmer zuerst durch Pralinen vergiftet. Das Gift heißt *Aqua Tofana* und ist dafür bekannt, dass es langsam zum Tode führt, je nachdem wie stark die Mischung ist. Es wurde im 17. und 18. Jahrhundert von Frauen angewandt, die ihre Ehemänner loswerden wollten.«

Fenna warf ein: »Dann hat meine Mutter recht gehabt. Und wie kommt man, bzw. Frau an dieses Gift? Das gibt es bestimmt nicht bei Amazon oder eBay zu kaufen?«

Ihr Kollege kratzte sich die Stirn und sah sie ratlos an. »Keine Ahnung? Sicherlich im Darknet, vielleicht kann dir dein Waschmittelexperte Sunil da weiterhelfen?«, feixte er.

»Stimmt, den kann ich fragen, und weiter? Was haben die noch festgestellt?«

Henning überflog den Text. »Ja, also … das *Aqua Tofana* hat Otto Kretschmer mindestens einen Tag vor der Aufführung zu sich genommen. Die ersten Anzeichen waren die erkältungsartigen Erscheinungen, die er plötzlich verspürte. Der Tod durch das Gift wäre ein bis zwei Tage später eingetreten und hätte wie ein normaler Herzinfarkt ausgesehen. Hinzu kommt, dass das Gift nur schwer nachzuweisen ist. Deshalb hat es auch länger gedauert, bis die Jungs vom Labor das herausgefunden haben. Laut deren Statistik wird dieses Gift höchst selten angewandt.«

»Dann muss unsere Mörderin gar nicht so dumm sein. Immerhin hat sie sich ein schwer nachweisbares Gift ausgesucht, wusste, wo sie es im Darknet bekommen kann, und sie wusste, dass es einige Tage dauern würde, und hat somit zur Tatzeit ein Alibi. Sie musste nur auf die Nachricht warten, dass Otto plötzlich und unerwartet gestorben ist«, schlussfolgerte Fenna aus den Angaben.

»Sie? Bist du dir sicher, dass wir es mit einer weiteren Frau zu tun haben, Fen?«, gab er zu bedenken.

Seine Kollegin seufzte. »Nun ja, es könnte sonst wer gewesen sein, denn durch das vorab verabreichte Gift, kommt jeder infrage. Die Managerin, Ludger Arens, Clemens Möller und Michael Knudsen.«

Henning lehnte sich zurück und legte seine Hände auf den Schreibtisch. »Aber was hätten die Teamkollegen für einen Grund gehabt?«

Fenna zuckte mit den Schultern und teilte ihm ihre Theorie mit: »Vielleicht waren es alle drei, um sich an Otto zu rächen? Immerhin wollte er die Jungs eiskalt im Stich lassen. Ohne Otto waren sie nicht mehr die Attraktion …«

Er stimmte ihr durch ein langsames Nicken zu. »Dann müssen wir die Männer noch mal alle unter die Lupe nehmen. Aber jetzt mal ehrlich – wie sollen wir herausfinden, wer einen Tag vor der Premiere Otto Pralinen geschenkt hat? Wir haben keinen einzigen Hinweis und da die Pralinen schon vor zwei Wochen im Angebot waren, steht die Chance gleich null, etwas in dieser Hinsicht herauszufinden. – Irgendetwas übersehen wir!«

»Ja, aber was? Die Nachbarin kann sich nur an eine blonde Frau erinnern, die Otto mehrmals aufgesucht hat, und ihr gehören auch sehr wahrscheinlich die Sachen im Karton. Wir haben zwar Haare zum DNA-Abgleich, aber ich gebe dir Brief und Siegel, die gehören nicht zu Silvia Höfner. Sie hat die Sachen nie zuvor gesehen, wusste aber sofort, dass eine andere Frau im Spiel war. – Das konnte ich an ihrer Reaktion erkennen. Außerdem glaube ich ihr, dass Otto Kretschmer sie nie in seine Wohnung gelassen hat. Die Wohnung über ihn wird tatsächlich seit Wochen renoviert.«

»Das Parfüm ist sehr penetrant und auffällig. Vielleicht solltest du in den hiesigen Läden nachfragen, ob die Verkäuferin sich erinnern, wer solch … ja … solch einen speziellen Duft kauft?«, machte Henning den Vorschlag.

»Eine sehr gute Idee. Die Nachbarin hat nämlich diesen Duft ebenfalls bis in ihren Garten riechen können und fand ihn – wie wir alle – einfach schrecklich. Ich mache mich gleich nach dem Mittag auf den Weg. Aber nun sag schon, was steht noch in dem Bericht?«, wollte sie erfahren.

»Alles, was wir schon wissen. Dass der Tod durch Ersticken herbeigeführt wurde. Obwohl die Gerichtsmedizin sich nicht sicher ist, ob das Opfer den Insulinschock überlebt hätte. Mit Sicherheit wäre Otto unerklärlicherweise ein paar Tage später, anhand des Giftes, im Krankenhaus gestorben.«

Die Kommissarin erhob sich. »Okay, dann mache ich mich jetzt auf den Weg und bringe uns was zum Mittag mit. Was möchtest du essen?«

»Mir reicht ein Salat mit Thousand Island Sauce, bitte«, gab er in Auftrag.

»Denkt dran! Bruni hat Fischfrikadellen gemacht!«, schallte es von Hoschi aus der Küche zu ihnen herüber und wie nicht anders zu erwarten, hielt er bereits eine in der Hand und biss genüsslich hinein.

»Danke, Hoschi! Fischfrikadellen schmecken übrigens hervorragend zu Salat!«, rief Fenna zurück und grinste Henning schief an. Sie schnappte sich ihre Bauchtasche und wählte das Rad, um zum nächsten Imbiss zu fahren. Dabei hielt sie schon Ausschau nach Läden, die Parfüm hatten, was von außen schwer zu erkennen war. Aber erst einmal hatte sie Hunger, kaufte zwei Salate und erschien zwanzig Minuten später wieder in der Polizeistation.

Zwischendurch kam eine WhatsApp-Nachricht von Fennas Mutter bei ihr an. Sie radelte in Richtung Ostende und wollte noch zur *Weißen Düne*.

Nachdem Fenna ihren gemischten Salat mit einer Fischfrikadelle als Beilage gegessen hatte, machte sie sich auf den Weg in die Stadt, um das penetrante Parfüm ausfindig zu machen.

Fenna hatte nicht damit gerechnet, in wie vielen Läden es Parfüm zu kaufen gab. In Schuhgeschäften, in Klamottenläden, in Souvenirstübchen und sogar in Friseursalons. Aber keiner der Läden hatte das Parfüm *Sundance* im Sortiment.

Da die Sonne vom endlos blauen Himmel schien und ein leichtes Lüftchen wehte, war die Stadt zu dieser Uhrzeit etwas leerer. Die meisten Inselgäste vergnügten sich an dem langen Strand, wo die Kinder fleißig Sandburgen bauten, Muscheln suchten, ihr Eis schleckten und die Eltern versuchten, gemütlich in einem der vielen Strandkörbe zu chillen.

Nachdem Fenna in unzähligen Geschäften war und nicht fündig wurde, hatte sie noch zwei Parfümerien vor sich. Sie wollte gerade das kleine Lädchen mit dem Namen *Inselduft* betreten, als sie den Doc sah. Er stand an der Kasse, wo just ein Parfüm für ihn verpackt wurde. Fenna schlich unbemerkt in den Laden und näherte sich ihm im Schutz der Regale.

»Da wird sich die Dame aber freuen. Das ist im Moment der angesagteste Duft, den Cherry Manfield kreiert hat«, schwärmte die

Verkäuferin, obwohl Fenna an ihrem Blick erkennen konnte, dass sie wohl eher dem Doc schöne Augen machte.

»Na, das hoffe ich doch, die Dame ist sehr wählerisch«, antwortete Sven Perick und es folgte ein Seufzer.

Die Verkäuferin stellte das Geschenk in eine Papiertüte. »Vielen Dank, und einen schönen Abend!«

»Danke, den wünsche ich Ihnen auch.« Sven Perick nahm die Tüte entgegen und verließ glücklich den Laden.

Hatte er etwa das Parfüm für seine Freundin gekauft? Hatte der Doc überhaupt eine Freundin? Seitdem die beiden das letzte Mal zufällig in der Milchbar zusammen was gegessen hatten und er ihr nach vierzehn Tagen die Fäden bei ihrer Schnittwunde im Oberschenkel gezogen hatte, waren die beiden sich erst wieder bei der Aufführung im Inseltheater begegnet. Fenna machte große Augen – er kaufte doch wohl nicht etwa der älteren Kollegin das Parfüm, die ihn abends begleitet hatte? Tja, es gab auch junge Männer, die auf reifere Frauen standen.

»Polizei? Kann ich Ihnen vielleicht helfen?«, erklang eine piepsige Frauenstimme.

Fenna stieß einen spitzen Laut aus und drehte sich erschrocken um. Vor ihr stand eine weitere Verkäuferin, die sie fragend ansah. »Ähm … ja. Ich bin privat hier, also habe Pause. Haben Sie das Parfüm *Sundance*?«

An dem Gesichtsausdruck der Verkäuferin konnte Fenna erkennen, dass auch sie den Duft abscheulich fand, aber sie machte gute Miene zum bösen Spiel und antwortete mit einem zaghaften Lächeln. »Nein. Den speziellen Duft erhalten Sie nur in der Boutique *Abendsonne*.«

»Danke, meine Freundin wünscht sich dieses Parfüm zum Geburtstag«, schwindelte Fenna, hob die Hand und eilte aus dem Laden.

Auf dem Weg zur Boutique *Abendsonne* bekam sie den Doc nicht mehr aus dem Kopf. Für wen hätte er denn noch ein Parfüm kaufen können? Vielleicht für eine Kollegin aus dem Krankenhaus? Genau. Alle hatten Geld gesammelt und der Doc musste los und das Parfüm besorgen. Ja, nee is klar! Er muss eine Freundin haben, beziehungsweise darauf hinarbeiten. Und diese Vorstellung verursachte tatsächlich etwas Herzkneifen bei ihr.

Sie schob den Gedanken beiseite und betrat die kleine Boutique. »Moin!«

Die Verkäuferin stutzte, als eine uniformierte Frau ihren Laden betrat. »Moin? Ist etwas passiert?«

Fenna schüttelte den Kopf. »Nein. Mein Name ist Fenna Hansen, ich komme von der Inselpolizei und wollte fragen, ob Sie das Parfüm *Sundance* im Sortiment haben?«

Sofort legte sich ein Strahlen auf das Gesicht der Verkäuferin nieder. »Ja, ist das nicht ein herrlich frischer Duft?«

»Ja, er ist … sagen wir speziell«, drückte die Kommissarin sich vorsichtig aus. »Haben Sie vielleicht eine Kundin, die diesen Duft immer bei Ihnen käuflich erwirbt?«

Jetzt stutzte die Dame vor ihr. »Warum fragen Sie? Fällt das nicht unter Datenschutz?«

»Nicht, wenn wir in einem Mordfall ermitteln und diese Frage uns hilft, den Täter zu finden. – Also? Gibt es so eine Kundin?«

»Ja, die gibt es. Wir sind auf Norderney das einzige Geschäft, das den Duft von Domino Dance führt.«

Die Polizistin verschränkte die Arme und sah sie fordernd an. »Und? Ich höre.«

Der Verkäuferin war es sichtlich anzumerken, dass ihr die Angelegenheit nicht gefiel. »Also, wir haben drei Kundinnen, die in regelmäßigen Abständen den Duft kaufen. Die erste ist Frau Herbers, die zweite heißt Frau Pawlowsky und die dritte war erst vor einer Woche hier und hat eine Flasche gekauft.«

Fenna traute ihren Ohren nicht, als sie den dritten Namen hörte. Sie bedankte sich bei der Verkäuferin und eilte auf dem schnellsten Weg zurück zur Polizeistation. Darauf wären sie im Leben nicht gekommen!

17. Kapitel

Die Kommissarin stürmte die Treppen zum Eingang empor und eilte zu Henning, der gerade mit Hoschi zusammen in der Küche stand. Ein Blick auf den Tisch zeigte Fenna, dass die Fischfrikadellen von heute Mittag einem lecker duftenden Napfkuchen weichen mussten. Von dem Hoschi, wie nicht anders zu erwarten, ein Stück in der linken Hand hielt und einen Pott dampfenden Kaffee in der anderen.

»Ihr glaubt nicht, was ich gerade erfahren habe!«, sagte Fenna mit einem stolzen Grinsen im Gesicht.

Hoschi biss ein Stück vom Kuchen ab, kaute einen Moment und brachte in seiner trocknen Art hervor: »Und wenn du uns nicht sagst, was es ist, werden wir es auch nie erfahren!«

Fenna rollte mit den Augen und hob den rechten Zeigefinger. »Ich weiß, wer unsere zweite Mörderin ist, aber ich weiß noch nicht, warum.«

Henning stellte seine benutzte Tasse in die Spülmaschine. »Kommst du jetzt mal auf den Punkt oder sollen wir raten?«

»Tina Arens!«, platzte es aus ihr heraus.

Henning und Hoschi warfen sich verwunderte Blicke zu und Hoschi sagte: »Das ist ja mal ein Ding!«

»Wie kommst du auf die Frau von Ludger Arens?«, wollte Henning wissen.

»Weil es nur einen einzigen Laden auf Norderney gibt, der diesen schrecklichen Duft im Sortiment hat, und die Verkäuferin konnte mir drei Namen nennen. Frau Herbers, eine Frau Pawlowsky und eben Frau Arens.«

»Und die anderen beiden Frauen können es nicht sein – weil?« Hoschi zog eine Braue hoch.

Fenna unterdrückte einen genervten Seufzer und klärte die beiden Kollegen auf: »Weil mir die Verkäuferin gesagt hat, dass es sich bei Frau Herbers um eine siebzigjährige alte Dame handelt – und ich glaube kaum, dass Otto auf Frauen in diesem hohen Alter steht, und die zweite Frau ist Mitte sechzig und arbeitet im Hotel *Muschelsand*. Da liegt es doch wohl klar auf der Hand, dass es die Frau von Ludger Arens sein muss.«

Henning verließ die Küche und Fenna folgte ihm. »Wir müssen Frau Arens zu uns einladen, und sie damit konfrontieren«, verlangte die Kommissarin.

»Nun mal langsam mit den jungen Pferden! Nur weil Frau Arens das Parfüm kauft, heißt es noch lange nicht, dass sie unsere zweite Mörderin ist. Das Parfüm kann die Mörderin auch privat von zu Hause mit auf die Insel gebracht haben, oder?«

Fenna ließ sich auf ihren Bürostuhl fallen. »Unsere Täterin hat blondes Haar – Tina Arens hat auch blondes Haar!«

»Erstens: Gibt es viele blonde Frauen auf der Insel. Und zweitens: Warum sollte die Frau eines Theaterkollegen den Star der Gruppe vergiften?« Henning schien von Fennas Theorie noch nicht überzeugt zu sein.

Fenna wirbelte mit den Händen durch die Luft. »Na, weil … weil die beiden ein Verhältnis hatten! Und, warum auch immer, hat Tina Arens es durch Gift beendet.«

Ihr Kollege rieb sich nachdenklich seinen Bart. »Okay. Du kannst Wiemer darüber informieren und Nachforschungen in Sachen Tina Arens anstellen, aber!« Er hob warnend den Zeigefinger. »Du unternimmst nichts, bevor du es nicht vorher mit mir besprochen hast! Hast du verstanden, Fen?« Er warf einen Blick auf seinen sportlichen Chronografen und schnappte sich seine Autoschlüssel, die vor ihm auf dem Schreibtisch lagen. »Ich mache heute eher Feierabend, muss noch was Privates erledigen. – Wir sehen uns morgen früh!«

Fenna nickte nur und machte sich umgehend auf den Weg zum Hauptkommissar. Sie klopfte an und trat ein. Das Zimmer war leer.

»Cheffe hat schon eher Feierabend gemacht – hat was Privates zu erledigen!«, rief ihr Hoschi zu.

Fenna schloss die Tür und ging zu ihrem Schreibtisch. Was hatten denn alles plötzlich so Dringendes zu erledigen? Brauchten etwa alle ein Parfüm? Sie hatte sofort den Doc in dem Laden vor Augen. »Okay, danke!« Sie gab einen genervten Seufzer von sich und presste die Lippen zusammen.

»Was ist dir denn über die Leber gelaufen?«, fragte Hoschi.

Sie ließ einen Kugelschreiber durch ihre Finger gleiten. »Ach, ich sollte mir das Okay von Wiemer holen, um Nachforschungen über Tina Arens machen zu dürfen.«

Ihr Kollege setzte sich halb auf die Schreibtischkante von Hennings Tisch und blickte Fenna interessiert an. »Glaubst du wirklich, dass sie die zweite Täterin sein könnte?«

Fenna zuckte mit den Schultern. »Keine Ahnung, aber ich habe da so ein seltsames Gefühl.«

»Du weißt schon, dass wir aufgrund eines seltsamen Gefühls keine Personen festnehmen können?«, belehrte er sie mit einem Augenzwinkern.

Fenna ließ den Kugelschreiber auf ihre Unterlage plumpsen und antwortete: »Manchmal ist es das Einzige, was uns bleibt, wenn die Beweislage noch nicht geklärt ist.«

Hoschi stand schwungvoll auf. »Dann vertraue deinen Gefühlen und recherchiere. Ich habe nichts gesehen und nichts gehört, denn ich mache Feierabend.«

»Hast du auch was Dringendes zu erledigen?«, fragte sie ihn in einem leicht gereizten Tonfall.

Er schüttelte den Kopf und schaute sie verwirrt an. »Nein? Sollte ich?«

Sie winkte seine Worte mit einer Handbewegung fort. »Nein, alles okay. Dann wünsche ich dir einen schönen Feierabend! Wir sehen uns morgen früh!«

Ihr Kollege hob die Hand und machte sich vom Acker.

Und Fenna wollte sich gerade an die Arbeit machen, als Timo bei ihr erschien. »Kannst du mich bitte zu einem Ladendiebstahl begleiten? Es sind mehrere Jugendliche, die im *Netto* was eingesteckt haben. Ben ist mit dem Praktikanten im *Klabautermann*, da gab es wohl eine Schlägerei.«

Die Polizistin schloss alle Programme auf ihrem Rechner und folgte ihrem Kollegen.

Dann musste das seltsame Gefühl, dass sie wegen Tina Arens hatte, halt noch warten.

Die Angelegenheit in dem Discounter dauerte über eine Stunde. Es waren vier Jugendliche, zwei Jungs und zwei Mädels, die sich Alkohol und Knabberzeugs eingesteckt hatten. Die kleine Gruppe hatte vor, abends eine private Fete irgendwo in den Dünen zu machen. Zum Glück hatte jeder von ihnen den Ausweis dabei, somit fiel nicht allzu viel Papierkram für die Beamten an. Gegen neunzehn Uhr dreißig konnte Fenna endlich Feierabend machen und auf dem Weg zu ihrer Wohnung fiel ihr ein, dass sie seit Stunden nichts mehr von ihrer Mutter gehört hatte. Sie holte ihr Smartphone hervor und schrieb ihr eine Nachricht. Seltsam, es erschien nur ein weißer Haken. Die Nachricht ging also nicht bei ihr ein. Das letzte Mal war ihre Mutter um siebzehn Uhr fünfundfünfzig online. Vielleicht war sie irgendwo am Strand, wo es keinen Empfang gab. In der letzten Nachricht hatte ihre Mutter ihr mitgeteilt, dass sie zum Ostende fahren und die *Weiße Düne* besuchen wollte. Hoffentlich hatte sie nicht den Versuch gestartet, sich das Wrack anzusehen, das seit Jahrzehnten am Ostende von Norderney ein Anziehungspunkt vieler Inselgäste war. Bis zu einem bestimmten Punkt konnte man mit dem Auto oder dem Rad fahren, dann hieß es, zu Fuß durch ein großes Naturschutzgebiet zu wandern. Sie selbst war noch nicht beim Wrack gewesen, aber von Hoschi wusste sie, dass es mindestens neunzig Minuten brauchte, bis man das zerfallene Schiff erreichte. Außerdem mussten die Wanderer die Gezeiten im Auge behalten. Oft unterschätzten die Besucher Ebbe und Flut, und ohne dass sie es bemerkten, waren sie von der Nordsee umgeben und saßen in der Falle. Letztes Jahr musste zweimal der Rettungshubschrauber starten, um verzweifelte Spaziergänger aus dem Meer zu retten. Fenna schob die dunklen Gedanken vorerst beiseite und wollte es nachher noch einmal bei ihr versuchen.

Nachdem Fenna geduscht und sich eine bequeme Jogginghose und T-Shirt angezogen hatte, griff sie zu ihrem Telefon. Diesmal rief sie ihre Mutter an, doch es schaltete sich umgehend die Mailbox an und die freundliche Computerstimme teilte Fenna mit, dass der Gesprächspartner zurzeit nicht erreichbar sei. Jetzt bekam Fenna es doch mit der Angst zu tun und rief bei Hoschi an. »Ja, hey … sag mal, weißt du, wo meine Mutter steckt?«

Ihr Kollege klang überrascht. »Nein? Wollte sie nicht gegen siebzehn Uhr zurück sein?«

Fenna lief nervös im Wohnzimmer umher. »Ja, aber wir haben es inzwischen halb neun. Ich mache mir Sorgen. Ihr Telefon scheint ausgeschaltet zu sein, ich kann sie nicht erreichen. Da muss was passiert sein!«

»Bleib zu Hause, ich komme!« Mehr sagte er nicht und hatte das Gespräch beendet.

Fünf Minuten später stand Hoschi bei ihr auf der Matte. »Und? Hat sie sich inzwischen bei dir gemeldet?«

Fenna schüttelte den Kopf und wirkte besorgt. »Nein, das ist überhaupt nicht ihre Art. Was kann denn nur geschehen sein?«

Hoschi blies die Wangen auf und ließ die Luft laut entweichen. »Ich hoffe nicht, dass sie zum Wrack hinauswollte und sich mit der Flut verschätzt hat. Da draußen hat man oft keinen Empfang.«

»Wir müssen den Rettungshelikopter starten lassen«, verlangte Fenna. »Wenn sie da draußen ist, hat sie keine Chance!«

»Du rufst Henning an und ich melde mich bei Wiemer, mal sehen, was er dazu sagt.« Er legte seine Hände mitfühlend auf ihre Schultern. »Wir werden deine Mutter finden, ja? Vielleicht ist sie auch so schusselig gewesen und hat das Telefon verloren.«

»Aber dann würde ich das Freizeichen hören und die Nachrichten wären bei ihr eingegangen. Es ist aber nur ein weißer Haken zu sehen. Es muss ausgestellt sein!« Sie schaute ihren Kollegen unglücklich an.

»Fen, jetzt beruhige dich und rufe Henning an. Sage ihm, dass wir uns in der Polizeistation treffen, okay?«, wiederholte er mit sanfter Stimme.

Sie nickte und rief bei ihm an, worauf er sich umgehend auf den Weg machte.

Zehn Minuten später trafen sich alle in der Polizeistation, sogar Theo Wiemer und Bruni waren erschienen. Jeder machte sich Sorgen um das spurlose Verschwinden von Lena Hansen.

»Weißt du, bei wem sich deine Mutter das Rad ausgeliehen hat?«, wollte Hoschi wissen.

»Nein, aber sie hat mir ein Foto von dem Rad geschickt. Vielleicht können wir erkennen, von welchem Verleih es stammt.« Fenna wischte auf dem Display ihres Smartphones herum und als sie es gefunden hatte, zoomte sie das Foto heran. »Hier, das sind die rotweiß gestreiften Räder, die gibt es nur bei *Sweet Riders*.«

»Gut, darum kümmere ich mich«, sagte Hoschi und eilte an seinen Schreibtisch.

Henning fragte: »Hat sie dir gegenüber erwähnt, wo sie vielleicht noch hinwollte, außer zur *Weißen Düne*?«

Fenna musste nicht überlegen und antwortete: »Nein, in der Nachricht hat sie mir mitgeteilt, dass sie nur bis dahin wollte. Wie ich meine Mutter kenne, ändert sie spontan ihre Pläne.«

Der Hauptkommissar erschien. »Sie setzen den Rettungshubschrauber ein. Zum Glück ist es noch hell und die Flut hat noch nicht den höchsten Stand erreicht. Man müsste deine Mutter also noch sehr gut finden können.«

»Apropos finden: Ich werde mit dem Rad die nähere Umgebung abfahren, die rot-weiß gestreiften Fahrräder fallen einem sofort ins Auge. Vielleicht können wir sie dadurch ausfindig machen«, schlug Fenna der kleinen Gruppe vor. Sie konnte nicht einfach hier untätig herumsitzen.

Bruni stimmte ihrem Vorschlag zu. »Und ich suche mit. Habt ihr nicht noch ein Rad zur Verfügung?«

»Ja, klar!«, sagte Fenna und die beiden saßen wenige Augenblicke später fest im Sattel und teilten sich auf.

Timo war unterdessen mit dem Streifenwagen bis zum Ostende gefahren. Dort stand kein rot-weiß gestreiftes Rad und auch an der *Weißen Düne* nicht. Er teilte die Nachricht über den Funk mit. »Dann dürfte sie auch nicht bis zum Wrack gelaufen sein.«

»Danke Timo, dass beruhigt mich schon etwas.« Fenna Hansen erreichte das Inseltheater und hielt akribisch Ausschau nach dem bunten Rad. Sie entdeckte eins und blieb abrupt stehen. Es stand vor einer Pizzeria. Fenna betrat das Lokal und streifte durch die Gänge. Sie wurde von einem Kellner angesprochen. »Guten Abend, möchten Sie einen Tisch?«

»Äh, nein danke. Ich bin auf der Suche nach der Person, der das rot-weiß gestreifte Rad draußen gehört. Wissen Sie das zufällig?«, fragte sie ihn direkt.

Ehe der Kellner ihr eine Antwort geben konnte, meldete sich ein Mann. »Das ist meins. Ist was damit?«

Fenna schüttelte den Kopf. »Nein, alles in Ordnung. Entschuldigen Sie bitte die Störung!« Sie eilte nach draußen und setzte ihre Suche fort. Erst jetzt fiel ihr auf, wie viele Straßen es im Stadtkern auf Norderney gab und in den meisten war sie noch nie gewesen.

»Hallo! Ich habe ein verlassenes Rad gefunden!«, erklang die Stimme von Bruni über Funk.

»Wo?«, rief Fenna aufgeregt.

»Vor dem Feinkostgeschäft *Goldener Seestern*. Es ist weit und breit keine Person zu sehen und die Geschäfte haben alle geschlossen«, berichtete die Frau vom Hauptkommissar.

»Ich bin in ein paar Minuten da!« Fenna trat wie verrückt in die Pedale und erreichte nur wenige Augenblicke später das Geschäft.

Bruni stand neben dem Rad. »Ist auch abgeschlossen.«

Fenna betrachtete es und fand eine Nummer, die an der Seite am Rahmen zu sehen war. 154.

Sie drückte den Knopf des Funks. »Hoschi? Fenna hier, hast du schon mit dem Fahrradverleih telefoniert? Welche Nummer hat das Rad meiner Mutter? 154?«

Es knackte kurz in der Leitung und dann war die Stimme ihres Kollegen zu hören. »Bingo. Das ist die Nummer. Deine Mutter sollte es auch bis achtzehn Uhr zurückgebracht haben, aber sie kam nicht.«

»Und? Hat der Rettungshubschrauber schon was gefunden?« Als sie diese Frage stellte, schlug ihr Herz vor Sorge ein paar Takte schneller.

»Nein. Noch nichts. Aber wenn ihr Rad in der Stadt steht, kann sie sich nicht am Ostende befinden, das hat ja auch schon Timo bestätigt.«

»Ja, da hast du recht. Danke. Wir sehen uns hier noch etwas um und kommen gleich zurück.« Da die Kommissarin keine Uniform trug, steckte sie das Funkgerät zurück in ihre Umhängetasche. Zum Glück gab es mobile Geräte, die handlich waren und gut in kleineren Taschen untergebracht werden konnten.

Die beiden Frauen machten sich auf die Suche. Fenna steuerte als Erstes das Feinkostgeschäft an und lugte durch die Schaufenster. Der Verkaufsraum wurde durch ein schwaches Licht in Szene gesetzt, aber es war nichts Besonderes zu erkennen. Was hätte ihre Mutter auch hier verloren?

Nach weiteren zwanzig Minuten gaben die beiden Frauen auf und beschlossen, zurück zur Polizeistation zu fahren.

Wo um auf alles auf der Welt steckte ihre Mutter bloß?

18. Kapitel

Auf der Polizeiwache gab es nichts Neues zu berichten. Der Rettungshubschrauber war über eine Viertelstunde in der Luft geblieben und mehrmals um die Insel geflogen, und da die Flut noch nicht ihren Höhepunkt erreicht hatte, hätten sie aus der Luft eine verirrte Person zu hundert Prozent erkennen können. Die Piloten kehrten erfolglos zu ihrem Landeplatz zurück.

Fenna hockte wie ein Häufchen Elend an ihrem Schreibtisch und umklammerte eine Tasse Kaffee, die ihr Bruni gebracht hatte. »Ach, mein armes Mädel … es ist schrecklich, wenn man sich so hilflos fühlt.«

Fenna starrte in die hellbraune Flüssigkeit. »Ich verstehe das einfach nicht. Wo kann sie denn nur stecken?«

Bruni strich mitfühlend über ihre Schulter. »Ich bin mir ganz sicher, dass es deiner Mutter gut geht. Sie ist eine taffe und kluge Frau. Wir werden sie finden.«

Fenna schaute kurz zu Bruni auf und ein schwaches Lächeln huschte um ihre Mundwinkel. »Danke, ich hoffe, es geht ihr gut. Ihr könnt ruhig nach Hause gehen, ich bleibe hier.«

»Oh nein, du gehst auch schön nach Hause, Fen!«, erklang die feste Stimme von Theo Wiemer. »Du musst morgen wieder fit sein. Außerdem haben Timo und Ben Nachtschicht, sobald sie etwas erfahren, werden sie sich bei dir melden.«

Fenna wollte erneut Protest einlegen, als Henning vor ihr stehen blieb. »Na komm, ich bringe dich nach Hause. Hast du nicht einen neuen Kühlschrankmagneten, den du mir zeigen kannst?«

Sie musste tatsächlich über seine Worte lächeln und stand schwerfällig auf. »Du Blödmann!«

»Hey, sei bloß vorsichtig, wie du mit deinem Vorgesetzten sprichst. Ich dulde deine freche Art nur, weil wir in einer extremen Situation stecken, Fen!«

Fenna bedankte sich bei all ihren Kollegen und trat in Begleitung von Henning den Nachhauseweg an. Die warme Luft, die tagsüber herrschte, hatte sich um diese Uhrzeit abgekühlt und Fenna nahm mehrere tiefe Atemzüge. In ihrem Kopf herrschte ein absolutes Gedankenchaos, da sie sich keinen Reim auf das Verschwinden ihrer Mutter machen konnte.

»Ich verstehe es einfach nicht! Sie wollte doch nur die Insel erkunden und ich habe ihr noch zum Spaß zugerufen, dass sie mit keinem fremden Mann oder Frau mitgehen soll.« Fenna sog laut Luft ein und blieb abrupt stehen. Sie schaute erschrocken zu ihrem Kollegen auf. »Und was ist, wenn meine Mutter auf eigene Faust Miss Marple gespielt hat?«

»Glaubst du das wirklich? Ich dachte, sie steht mehr auf Rosamunde Pilcher?«, witzelte Henning, um sie aufzumuntern.

Fenna verpasste ihm einen leichten Knuff gegen die Schulter. »Ey, jetzt mal im Ernst! Meine Mutter ist, seitdem sie auf Norderney ist, ein völlig anderer Mensch! Vielleicht ist sie einer Sache nachgegangen?«

Henning verschränkte die Arme und sah sie neugierig an. »Und welcher?«

Fenna setzte ihren Gang fort und Henning folgte ihr. »Warum stand ihr Fahrrad ausgerechnet vor dem Feinkostgeschäft *Goldener Seestern*?«

Ihr Kollege zuckte mit den Schultern. »Zufall?«

Sie wiegte zweifelnd den Kopf hin und her. »Ich habe, ehrlich gesagt, keine Ahnung. Es muss etwas mit dem Fall zu tun haben. Aber was hat meine Mutter herausgefunden und mir es nicht mitgeteilt? – Irgendetwas übersehen wir.«

Die beiden erreichten das rote Backsteingebäude, dass am Ende der Maybachstraße lag, und einen direkten Blick auf den Friedhof bot. Fenna holte den Schlüssel hervor und steckte ihn ins Schloss. »Möchtest du noch mit rauf?«

»Wenn ich nicht störe?«

Sie zog eine Grimasse und sagte in einem spaßigen Ton. »Du störst immer, Henning!«

»Hast du eigentlich irgendwelche Probleme mit den jeweiligen Feriengästen, die unter dir nächtigen?«, wechselte er das Thema, während sie die Stufen nach oben gingen.

»Nein, bis jetzt noch nicht. Da es nur Ferienwohnungen für zwei Personen sind, werden sie meistens von älteren Herrschaften gemietet«, antwortete sie ihm und bat ihn in ihre Dachwohnung. »Die sind immer ruhig und sehr freundlich.«

Henning schloss nach sich die Tür und folgte ihr in die Küche. »Und? Hast du einen neuen Magneten?« Er blieb vor den vollbestückten Tafeln stehen.

»Ja, habe ich. – Möchtest du noch was trinken?«

Henning warf ihr über die Schulter einen Blick zu. »Gerne, ein Wasser bitte.«

Fenna holte zwei Gläser aus dem Schrank und goss jedem Mineralwasser ein. Sie reichte ihm das Glas. »Hier, die Gummistiefel hat mir meine Mutter geschenkt, als sie sich hier ihre eigenen gekauft hat.«

»Und die ganzen Figuren aus den Disneyfilmen? Wo hast du die her?«

»Von meinem Bruder. Er war mit seiner Familie in L.A. in Disneyland und hat zugeschlagen«, erzählte sie und dann blickte sie ihren Kollegen entsetzt an. »Oh Mann, soll ich meine Familie informieren, dass Mama vermisst wird?«

»Warte ab bis morgen früh, wenn wir sie dann immer noch nicht gefunden haben, kannst du deine Familie in Kenntnis setzen«, riet Henning ihr.

»Ich kriege bestimmt kein Auge zu«, seufzte sie und setzte sich auf einen der Küchenstühle.

Henning nahm ihr gegenüber Platz und fragte: »Hast du Wiemer eigentlich um Erlaubnis gefragt, damit du über Tina Arens recherchieren darfst?«

Sie schüttelte den Kopf. »Er war nicht da. Hatte was Dringendes zu erledigen, wie du.«

»Wir gehen gleich morgen früh zu ihm und klären das«, sagte er mit einem Lächeln.

Fenna machte große Augen und war sichtlich überrascht. »Echt jetzt?«

Er nickte und umschloss mit seinen schlanken Fingern das Wasserglas. »Wir müssen in jede Richtung ermitteln. Wer weiß? Vielleicht hatten Otto Kretschmer und Tina Arens ein Verhältnis und Ludger ist dahintergekommen und hat seinen Spielkollegen außer Gefecht gesetzt.«

»Aber was ist mit meiner Mutter passiert? Sie weiß doch gar nicht, dass wir Tina Arens im Visier haben«, gab Fenna zu bedenken.

Henning leerte das Glas und stand auf. »Es wird sich alles aufklären. Geh du zu Bett. Wir sehen uns morgen früh. – Gute Nacht, Fen!«

Sie brachte ihren Kollegen bis zur Tür und bedankte sich für seine Begleitung. Danach schlenderte sie ins Wohnzimmer, schaltete den

TV an, damit es nicht so still in der Wohnung war und setzte sich aufs Sofa. Aber sie kam nicht zur Ruhe, die Sorge um ihre verschwundene Mutter wurde von Stunde zu Stunde größer. Im Kühlschrank stand noch eine halbe Flasche Weißwein, die sie leerte und eine gewisse Müdigkeit verspürte. Irgendwann konnte sie ihre Lider nicht mehr aufhalten und schlief ein.

Als sie wieder wach wurde, war es bereits sechs Uhr morgens. Ihre Schicht begann erst um zehn Uhr, aber so lange wollte sie nicht warten. Also duschte sie, machte sich fertig, schlüpfte in ihre Uniform und war gegen sieben Uhr auf der Polizeistation.

»Moin, Fen! Wie geht es dir?«, erkundigte sich Ben.

»Moin! Na ja, ehrlich gesagt nicht so prall. Und ihr habt nichts weiter in Erfahrung bringen können?« Sie sah ihren Kollegen hoffnungsvoll an.

Ben schüttelte den Kopf. »Timo und ich sind abwechselnd über die Insel gefahren, haben aber nichts Auffälliges entdecken können. Tut mir leid, Fen.« Seine Worte klangen aufrichtig.

»Schon gut. Danke für euren Einsatz.« Fenna ging in die Küche, holte sich einen frischen Kaffee und setzte sich an ihren PC.

»Dafür nicht! Ich mache jetzt Feierabend! Wir sehen uns!«, verabschiedete sich der Kommissar.

Fenna hob die Hand und machte sich an die Arbeit.

Tina Arens war erst seit drei Jahren die Frau von Ludger. Vorher war sie mit einem gewissen Stefan Richter aus Aurich verheiratet gewesen und hatte dort auch gewohnt. Aus der Ehe gibt es keine Kinder. Tina hatte weder einen Strafzettel oder sonst noch irgendeinen strafrechtlichen Eintrag. Und dann fand Fenna einen Diebstahlbericht, in dem Tina Arens als Zeugin aufgeführt wurde. Als sie den Namen des Geschäftes sah, traute sie ihren Augen nicht.

Tina Arens arbeitet in dem Feinkostgeschäft *Goldener Seestern*. Sie warf einen Blick zur Uhr – verdammt, der Laden öffnete erst in einer Stunde! Eine Ewigkeit! Fenna überlegte nicht lang, schnappte sich den Fahrradschlüssel und fuhr zu Tina und Ludger Arens. Nachdem sie zweimal geklingelt hatte, wurde ihr die Tür geöffnet und eine überraschte Tina stand vor ihr. »Sie? Gibt es Neuigkeiten?«

»Guten Morgen! Ich habe eher noch ein paar Fragen an Sie, Frau Arens. Darf ich reinkommen?«, fragte die Kommissarin freundlich.

»Oh, das ist schlecht, ich muss gleich zur Arbeit«, gab sie ihr einen Korb.

»Darum geht es. Sie arbeiten bei dem Feinkostgeschäft *Goldener Seestern*, nicht wahr? Schon lange?« Fenna ließ sich nicht so leicht abwimmeln.

»Seit ein paar Monaten – wieso?« Tina Arens zog skeptisch eine Braue hoch und machte keine Anstalten, die Kommissarin in die Wohnung zu bitten.

»Nun, wir wissen, dass die Champagnerflasche und die Käsehappen, die bei Otto Kretschmer in der Garderobe gefunden wurden, aus dem Geschäft stammen, in dem Sie arbeiten«, versuchte die Kommissarin Frau Arens aus der Reserve zu locken, doch die blieb ganz ruhig und erwiderte: »Ja, und? Es kaufen sehr viele Personen in dem Feinkostgeschäft ein. Wollen Sie mir etwa unterstellen, ich hätte etwas mit dem Tod von Otto zu tun?«

Herr Arens erschien und stellte sich zu seiner Frau. »Moin, Frau Hansen! Was hat mit dem Tod von Otto zu tun?« Er blickte die Kommissarin neugierig an.

»Moin, Herr Arens! Bei uns sind noch einige Fragen aufgekommen. Was völlig normal ist, wenn die Polizei neue Anhaltspunkte erhält«, klärte sie ihn auf.

»Dann kommen Sie doch rein!«, bat er freundlich und Fenna konnte sehen, wie die entspannte Mimik seiner Frau für eine Millisekunde verschwand und ein gezwungenes Lächeln um ihre Mundwinkel huschte.

»Gerne, es dauert auch nicht lang. Sie müssen ja zur Arbeit!«, richtete die Kommissarin die letzten Worte an Frau Arens.

»Ich dachte, du hast heute frei, Tina?« Ludger wirkte sichtlich überrascht.

»Musste kurzfristig einspringen, aber ein paar Minuten habe ich noch – also, Frau Hansen, darf ich bitten?«

Die drei nahmen im Wohnzimmer Platz und Tina Arens umklammerte sofort den Arm ihres Mannes. »Was möchten Sie denn von uns wissen?«, fragte Ludger.

»Wann und wo haben Sie beide sich denn kennengelernt?«, begann Fenna.

Tina Arens stutzte über diese Frage und sagte: »Was hat das denn mit dem Tod von Otto zu tun?«

»Darauf komme ich noch. Also?«, hakte die Beamtin in einem freundlichen Ton nach.

Ludger Arens fand die Frage anscheinend nicht unpassend, denn seine Augen begannen zu leuchten und er tätschelte liebevoll den Arm seiner Frau. Von ihr kam wieder dieses unechte Lächeln. »Wir haben uns vor vier Jahren in Aurich kennengelernt. Unsere Theatergruppe hatte die ersten Bühnenshows und dem Ex-Mann von Tina, gehört eine Gastwirtschaft mit dazugehörigem großem Saal. Dort sind wir aufgetreten. Wir haben uns auf Anhieb verliebt und sind drei Monate später zusammengekommen.«

Tina fügte schnell hinzu: »Meine Ehe war schon so gut wie beendet.«

Die Kommissarin nickte und richtete ihre folgende Frage an Frau Arens. »Und da sind Sie Otto Kretschmer auch zum ersten Mal begegnet, oder?«

Sie zuckte mit den Schultern und hielt den Blick der Beamtin stand. »Ja. Ich verstehe nicht, was das alles mit Ottos Tod zu tun hat?«

»Wissen Sie vielleicht, ob Otto Kretschmer ein Verhältnis mit einer verheirateten Frau hatte?«

Ludger Arens kniff die Lippen zusammen, überlegte einen Moment und schüttelte den Kopf. »Wie schon erwähnt, er liebte alle Frauen und hatte hier und da mal was am Laufen – aber ob er sich mit einer verheirateten Frau eingelassen hat, kann ich Ihnen leider nicht sagen.«

Fenna Hansen versuchte es jetzt auf einen anderen Weg und wollte von den beiden wissen: »Wussten Sie, dass er seit Wochen mit der Sanitäterin Silvia Höfner zusammen war?«

Ludger Arens schüttelte erneut den Kopf, während seine Frau keine Miene verzog. Sie wirkte angespannt, da sie krampfhaft versuchte, einen lockeren Eindruck auf die Beamtin zu machen.

Die Kommissarin sprach weiter: »Frau Höfner konnte uns bestätigen, dass sie herausgefunden hat, dass Otto eine andere Frau liebte und er sie deshalb verlassen hat. Sie hat diese Frau zwar nie zu Gesicht bekommen, aber ich habe persönliche Gegenstände der Person in Ottos Wohnung gefunden.« Sie holte ihr Telefon hervor und nach wenigen Sekunden zeigte die Beamtin den beiden die Fotos.

»Hey, das Parfüm benutzt du doch auch, oder Schatz?« Ludger Arens schaute seine Frau begeistert an. »Das habe ich ihr zu unserem ersten Hochzeitstag geschenkt.«

Am liebsten hätte Fenna ihm gesagt, dass er mit diesem Duft einen Griff ins Klo gemacht hatte, aber anscheinend hatte er damit den Geschmack seiner Frau getroffen. »Ach? Sie benutzen auch dieses Parfüm, Frau Arens? Was für ein Zufall!«, flötete die Kommissarin.

Tina Arens sah die Beamtin aus schmalen Augen an. »Ja, was für ein Zufall. Sind Sie dann mit den Fragen fertig, Frau Hansen?«

»Eine Frage habe ich noch, dann gehe ich. Was machen Sie eigentlich hauptberuflich, Herr Arens. Sie können sicherlich nicht von den Auftritten leben, die Sie einmal im Jahr mit den *Flotten Krabben* machen, oder?«

»Ich bin als Selbstständiger in der IT-Branche tätig und betreue große Firmen. Deshalb kann ich mir auch den Luxus gönnen und mir für die Tour freinehmen, wie ich es möchte.«

»Also sind Sie manchmal tagelang gar nicht auf Norderney?« Bei der Frage ruhte der Blick der Kommissarin auf Frau Arens, die irgendwie blass um die Nase wurde.

»Genauso sieht es aus. Meistens bin ich von Montag bis Donnerstag auf dem Festland unterwegs und komme Freitag wieder zurück«, bestätigte er somit die Worte der Polizistin.

Fenna stand schwungvoll auf. »Danke, dass Sie sich die Zeit genommen haben. Einen schönen Tag noch!«

»Gern geschehen! Ich bringe Sie noch zur Tür, Frau Hansen!« Ludger stand auf und begleitete die Kommissarin zur Haustür.

Fenna drehte sich noch einmal zu ihm, bevor sie die Wohnung verließ und fragte: »Was hat Otto Kretschmer denn beruflich gemacht?«

»Ihm gehören drei sehr gut gehende Pensionen. Zwei auf Norderney und eine auf Juist. Deshalb konnte er sich auch immer so freinehmen, damit es mit der Theatergruppe passte.«

»Und Clemens Möller?«

»Clemens hat ein kleines Maler- und Tapeziergeschäft. Wussten Sie das denn alles nicht?«, fragte Herr Arens diesmal die Kommissarin.

»Die Angaben hat einer meiner anderen Kollegen überprüft und da es nichts Auffälliges zu berichten gibt, wurden wir darüber nicht in Kenntnis gesetzt. – Also, Herr Arens, vielen Dank, und ich wünsche Ihnen einen schönen Tag!« Damit hatte die Kommissarin noch nicht einmal gelogen. Ben hatte die Mitglieder der *Flotten Krabben* überprüft und ihnen sofort mitgeteilt, wenn ihm etwas aufgefallen wäre.

Herr Arens schloss die Tür und Fenna blieb noch einen Moment seitlich an der Mauer stehen. Es gehörte sich zwar nicht, zu lauschen, aber da Frau Arens eigentlich freigehabt hätte und ihr Mann sichtlich überrascht war, dass sie zur Arbeit wollte, folgte vielleicht noch etwas in dieser Angelegenheit. Es dauerte keine fünf Sekunden und sie hörte die Stimme von Herrn Arens. »Wieso hast du mir nicht gesagt, dass du arbeiten musst? Und wieso hat die angebliche Freundin von Otto das gleiche Parfüm wie du?«

Tina schnauzte unüberhörbar zurück: »Na, weil ich kurzfristig einspringen muss! Und was kann ich dafür, dass die angebliche Freundin von Otto genau denselben Geschmack hat? Du hast mir doch das Parfüm geschenkt!« Schritte erklangen, die sich der Haustür näherten, und Fenna eilte davon.

19. Kapitel

»Es muss Tina Arens sein!«, rief Fenna quer durch die Polizeistation und blieb außer Atem vor Henning stehen, der an seinem Schreibtisch saß. Vor ihm eine dampfende Tasse Kaffee.

»Auch dir wünsche ich einen guten Morgen, liebe Fen!«, brachte er auf seine trockene Art hervor.

Sie rollte genervt mit den Augen und rang nach Luft. Sie war so schnell mit dem Rad gefahren, dass sie jetzt völlig aus der Puste war. »Ich komme gerade … von Ludger und Tina … Arens.« Sie schnaufte.

Ihr Kollege begutachtete sie mit einem skeptischen Blick. »Sag mal, du warst sportlich auch schon mal fitter, oder?«

»Oh Mann, Henning! Ich sage dir, Tina ist die Mörderin von Otto!«

Er lehnte sich in seinem Bürostuhl zurück und seine Hände ruhten wie zu einem Gebet gefaltet in seinem Schoß. »Hast du überhaupt geschlafen?«

Fenna zog eine Grimasse und fragte in einem flapsigen Ton: »Hörst du mir überhaupt zu?«

Ihr Kollege ließ sich wieder mit dem Stuhl nach vorn kippen und brummte: »Ja. Und ich habe dich gerade gefragt, ob du letzte Nacht überhaupt ein Auge zubekommen hast? Du stehst hier vor mir wie ein Eichhörnchen auf Red Bull.«

Sie holte mehrmals tief Luft und ließ sich auf ihren Stuhl fallen. »Ich habe heute Morgen herausgefunden, dass Tina Arens im *Goldenen Seestern* arbeitet. Da der Laden noch nicht aufhatte, bin ich einfach zu ihr nach Hause gefahren.« Sie berichtete dem Kommissar von dem Gespräch. »Und? Das klingt doch echt danach, dass sie Otto vergiftet hat, oder?«

»Und wie ist sie an das Gift *Aqua Tofana* gelangt? – Das gibt es nicht zufälligerweise in dem Feinkostgeschäft?«, gab Henning im ironischen Tonfall von sich.

Auf diese Anspielung ging Fenna nicht näher ein und sagte stattdessen: »Warst du schon bei Wiemer wegen der Erlaubnis?«

»Nein, ich habe auf dich gewartet.«

»Dann mal los! Wiemer muss uns die Genehmigung vom Staatsanwalt so schnell es geht besorgen, damit wir die Konten einsehen können und ihre E-Mails checken dürfen. Irgendwie muss sie ja an das Gift gekommen sein.«

Henning erhob sich aus seinem Stuhl und bewegte sich in Richtung Büro des Hauptkommissars. »Dann wollen wir keine Zeit verlieren.«

Nachdem Fenna dem Hauptkommissar von ihrem Verdacht berichtet hatte, sah sie ihn aus großen Augen an. »Und, was meinst du?«

Theo Wiemer rieb sich den Bart und presste die Lippen zusammen. »Wir müssen jeder Spur nachgehen und wenn du dir sicher bist – meinen Segen hast du. Besorge dir ein Foto von Tina Arens, vielleicht kann die ältere Dame sie wiedererkennen. Ich rufe sofort beim Staatsanwalt an und gebe euch Bescheid.«

Es dauerte keine zwei Minuten und der Hauptkommissar gab Fenna und Henning grünes Licht.

Die Euphorie, die Fenna wegen Tina Arens verspürte, wurde noch immer von dem spurlosen Verschwinden ihrer Mutter überschattet. Es gab kein Lebenszeichen von Lena Hansen, und die Angst, dass ihr etwas Schlimmes zugestoßen war, breitete sich immer mehr in Fennas Körper aus.

Henning und Fenna durchforsteten zuerst die Daten, die sie von Tina Arens einsehen durften. Die Mails von ihr konnten sie erst öffnen, wenn ein dringender Tatverdacht vorlag.

»Ich hab was gefunden … Tina hat vor zwei Wochen zweitausend Euro von ihrem Konto abgehoben.« Ihr Kollege blickte zu ihr herüber. »Ist nicht gerade eine kleine Summe.«

Fenna stimmte seiner Aussage durch ein Nicken zu. »Und ich habe ein Foto von Tina auf der Homepage vom *Goldenen Seestern* entdeckt. Ich zeige es der Nachbarin von Otto Kretschmer und zur Sicherheit der Verkäuferin aus dem Laden, in dem Tina das Parfüm kauft.« Sie machte sich umgehend auf den Weg. Als Erstes lag der Laden auf ihrer Strecke. Es war die gleiche Verkäuferin, die ihr bereits den Namen der Kundin gesagt hatte. Ohne mit der Wimper zu zucken bestätigte sie das Foto. »Ja, das ist die Kundin.«

Danach radelte die Kommissarin weiter zu Frau Wessels, die bei dem schönen Wetter im Garten war. »Moin! Wie geht es Ihnen?«, begrüßte Fenna die ältere Dame und stieg vom Rad.

»Ah, die hübsche Polizistin! Mir geht es gut, und Ihnen? Was macht die Verbrecherjagd?« Frau Wessels hielt eine kleine gelbe Gießkanne in der Hand und kam zum Gartenzaun.

»Wir nähern uns so langsam, aber sicher dem Ende.« Fenna zeigte ihr das Foto. »Ist das vielleicht die Frau, die Sie des Öfteren bei Otto gesehen haben?«

Frau Wessels nahm das Telefon der Polizistin in die Hand und betrachtete das Bild eingehend. »Ja, von der Statue und der Größe her, könnte sie es sein. Sie hat meistens eine Mütze getragen, wie die jungen Leute heutzutage … aber einmal hatte eine starke Windböe ihr das Ding vom Kopf gefegt. Otto ist hinterhergerannt, um die Mütze wieder einzufangen. Das war lustig mit anzusehen.«

»Danke, Frau Wessels, Sie haben uns sehr geholfen!« Fenna nahm das Foto und steckte es in ihre Jackentasche.

»Hat die Frau etwa mit Ottos Tod zu tun?«, fragte sie entsetzt.

»Das wissen wir noch nicht. Ich wünsche Ihnen einen schönen Tag, Frau Wessels und noch mal vielen Dank für Ihre Hilfe!« Die Kommissarin schwang sich in den Sattel, klingelte zweimal zum Abschied und flitzte zurück zur Polizeistation.

Fenna hing den Fahrradschlüssel ordnungsgemäß in den Schlüsselkasten zurück, zog ihre dünne Windjacke aus und legte sie seitlich unter ihren Schreibtisch. »Und? Hast du was Spannendes in Erfahrung bringen können?«

»Wir haben übrigens auch einen Jackenständer«, wies Henning sie auf das schwarze Möbelstück, das links neben der Küchentür stand, hin.

»Wieso? Hier stört sie doch keinen. – Also? Gibt es was Neues?«, wiederholte sie.

»Frau Schäfer, die Inhaberin vom *Goldenen Seestern* hat angerufen. Sie hat durch eine Mitarbeiterin erfahren, dass wir sie sprechen wollten. Sie wollte erfahren, worum es denn ging. – Ich habe sie auf die Pralinen angesprochen und sie sagte mir, dass alle Angestellten zu Ostern einen Präsentkorb erhalten haben, und es gab für jeden die Pralinen. Und Frau Schäfer hat bestätigt, dass Tina Arens seit fast einem Jahr bei ihr als Aushilfe arbeitet und Otto Kretschmer oft auf der gegenüberliegenden Seite des Ladens auf sie gewartet hat, wenn sie Feierabend hatte. Die Inhaberin hat sich nichts dabei gedacht und es uns deshalb nicht erzählt.«

Fenna haute mit der flachen Hand auf den Tisch, worauf Henning zusammenzuckte. »Ha! Ich sage doch, die beiden hatten ein Verhältnis!«

»Das sagt noch gar nichts, und das weißt du! Wir brauchen stichhaltige Beweise … und«, weiter kam er nicht, da seine Kollegin, wie von der Tarantel gestochen aufsprang, die Jacke unterm Tisch hervorholte und ihn aus geweiteten Augen ansah. »Mir fällt gerade noch was ein! Bin gleich zurück!« Sie riss den Fahrradschlüssel so hastig aus dem Kästchen, dass dieses mit einem lauten Knall zu Boden fiel. »Oh! Sorry … du bist ja handwerklich begabt!«

Ehe Henning schimpfen konnte, war Fenna über alle Berge.

Theo Wiemer und Hoschi kamen aufgrund des lauten Knalls aus ihren Büroräumen und schauten erschrocken durch den Raum.

»Was war das?«, wollte der Hauptkommissar wissen.

»Wurde hier geschossen, oder was?«, feixte Hoschi.

Kommissar Petersen presste durch die Lippen: »Nein, aber es dauert nicht mehr lang und ich erschieß sie!«

Hoschi entdeckte den heruntergefallenen Schlüsselkasten und grinste. »Ach? War das unser Wirbelwind?«

Der Hauptkommissar warf einen flüchtigen Blick auf das Malheur und zuckte mit den Schultern. »Du bist doch handwerklich begabt, Henning. Hänge es doch bitte gleich wieder auf, ja?« Tür zu.

Henning schnaufte, stand auf, legte den Schlüsselkasten erst an die Seite und nahm wieder hinter seinem Schreibtisch Platz.

Hoschi verschwand lachend zurück an seinen Arbeitsplatz.

Fenna stellte das Rad ab und betrat das kleine Schmuckgeschäft *Wahre Schätze*. Vor ein paar Tagen hatte sie Tina Arens dort zufällig entdeckt und es hatte so ausgesehen, als wenn sie eine hitzige Diskussion mit der Verkäuferin gehabt hatte. »Moin!«, rief die Polizistin in den leeren Verkaufsraum. Es dauerte nicht lang und eine Verkäuferin trat hinter den Tresen. »Moin! Was kann ich für Sie tun?«

Die Kommissarin zeigte ihren Dienstausweis und stellte sich vor. »Mein Name ist Fenna Hansen, Inselpolizei. Ich möchte gerne von Ihnen erfahren, ob eine gewisse Frau Tina Arens, etwas bei Ihnen bestellt oder gekauft hat.« Die Verkäuferin hieß Susanne, was Fenna von ihrem silbernen Namensschild ablesen konnte.

Susanne wirkte skeptisch. »Ich darf doch keine Kundeninformationen herausgeben.«

»Wir ermitteln in einem Mordfall, dann sind Sie sogar verpflichtet, mir Auskunft zu erteilen«, sagte Fenna sachlich. Diese ganzen

Datenschutzbestimmungen hatten in Deutschland das absolute Chaos verursacht. Wegen jedem bisschen mussten die Menschen irgendwelche Formulare ausfüllen oder unterschreiben, damit sie Datenrichtlinien akzeptierten und bewahrten.

Die Verkäuferin wirkte überrascht, als sie das Wort *Mordfall* aus dem Mund der Beamtin hörte. »Oh. Wie sagten Sie noch mal ist der Name?«

Die Kommissarin holte das Telefon aus ihrer Jackentasche und zeigte ihr die besagte Person. »Tina Arens.«

Susanne warf einen schnellen Blick auf das Foto und drehte sich um. Hinter ihr auf einem kleinen Tisch lag ein dickes Buch und sie blätterte darin herum. »Ja, hier habe ich es. Frau Arens hat zwei Verlobungsringe bestellt.«

»Verlobungsringe?«, wiederholte die Beamtin überrascht.

Susanne wandte sich wieder der Kommissarin zu. »Ja.«

»Wollte sie auch eine Gravur haben?«

»In einem sollte Otto stehen und in dem anderen Tina. Das Seltsame war, dass Frau Arens vor gut zwei Wochen zu mir kam, und die Bestellung stornieren wollte.«

»Hat Sie ihnen den Grund dafür genannt?« Der Grund war der Kommissarin klar, aber sie wollte die Version der Verkäuferin hören.

Sie verneinte die Frage durch ein leichtes Kopfschütteln und sagte: »Frau Arens hat die Ringe vor drei Wochen bestellt. Wir haben die Modelle nicht vorrätig gehabt und als ich sie vor zwei Wochen anrief, um ihr zu sagen, dass die Ringe mit Gravur geliefert wurden, kam sie und verweigerte die Abnahme. Sie bräuchte sie nicht mehr und ist aus dem Laden gestürmt. Meine Chefin hat ihr eine Rechnung über die Ringe geschickt, sie wollte das nicht auf sich sitzen lassen, immerhin geht es um sechshundert Euro. Frau Arens kam diese Tage wieder und hat einen Riesenaufstand wegen der Rechnung gemacht. Ich habe ihr gesagt, dass das nicht einfach so geht, immerhin sind die Ringe graviert und ich kann sie ja nicht weiterverkaufen. Oder kennen Sie zufällig einen Otto und eine Tina, die sich verloben wollen?«, witzelte Susanne.

Fenna Hansen schüttelte den Kopf und seufzte. »Nein, leider nicht. Und was machen Sie jetzt mit den Ringen?«, wollte sie wissen.

»Meine Chefin hat nachgegeben, weil sie keine Lust mehr auf den Ärger hat. Wir haben zum Glück einen guten Goldschmied, der entfernt die Gravur und die Ringe werden zu einem günstigeren Preis angeboten«, teilte ihr die Verkäuferin mit.

»Vielen Dank, für die Auskunft! Wiedersehen!« Fenna verließ das Schmuckgeschäft und eilte zur Polizeistation zurück.

Diesmal hing sie ordnungsgemäß ihre Jacke an der Garderobe auf und entdeckte den Schlüsselkasten, der auf einem kleinen Tisch lag. »Der hängt ja noch immer nicht!«, zog sie Henning auf.

»Fräulein! Ich warne dich, treibe es nicht auf die Spitze! Sonst werfe ich dich den Robben zum Fraß vor!«, witzelte er in einem ernsten Ton.

Fenna setzte sich an ihren Tisch und hatte ein stolzes Grinsen im Gesicht. »Rate mal, wo ich gerade war!«

»Bei Rossmann«, antwortete er seufzend und hatte seinen Blick auf seinen Monitor gerichtet.

»Na, fast. Ich war in dem Schmuckgeschäft *Wahre Schätze*«, legte Fenna los, doch sie wurde von Hoschi unterbrochen. »Sag bloß, du hast doch was mit dem Doc, Fen?«

Als Henning die Worte seines Kollegen hörte, schaute er sofort auf und warf Fenna einen schmalen Blick zu.

»Ach Hoschi, du hörst das Gras wachsen! Und überhaupt? Wo kommst du immer so schnell her?« Sie zog eine Grimasse und sprach weiter. »Tina Arens hat zwei Verlobungsringe dort bestellt und rate mal, welche Namen eingraviert werden sollten?« Sie drehte sich schwungvoll mit dem Bürostuhl hin und her.

»Otto und Tina wollten heiraten? Sie ist doch noch verheiratet!«, platzte es aus Hoschi heraus.

»Also, ich bin dafür, dass wir Tina Arens zu uns auf die Wache holen, oder?«, schlug Fenna den beiden vor.

»Darf ich das übernehmen?«, bot Hoschi seine Dienste an.

»Mit dem größten Vergnügen!«, sagte Fenna.

»Hallo? Werde ich auch mal gefragt? Immerhin bin ich euer Vorgesetzter!«, entgegnete Henning und schüttelte fassungslos den Kopf. »Ihr schießt echt den Vogel ab!«

Hoschi und Fenna warfen sich amüsierte Blicke zu und kicherten. Hoschi salutierte. »Sir, jawohl Sir! Bitte um ordnungsgemäße Abholung einer verdächtigen Person!«

»Hau ab!«, rief Henning und brummte vor sich hin.

Fenna schwieg lieber und marschierte in die Küche. Sie hatte noch nicht gefrühstückt und für sich und Henning ein frisch belegtes

Brötchen mitgebracht. »Hier, und entschuldige die Sache mit dem Schlüsselkasten.« Sie servierte ihm das Brötchen und einen Pott Kaffee.

»Danke! Und das nächste Mal gehst du vorsichtiger mit dem Eigentum der Polizeiwache um, ja?«, tadelte er sie und biss genüsslich in das Brötchen.

20. Kapitel

Als Hoschi nach dreißig Minuten immer noch nicht mit der Verdächtigen auf der Polizeistation erschien, rief Henning ihn an. »Wo steckst du denn?«

»Ich bin unterwegs. Musste noch auf Frau Arens warten. Sie hatte erst um zwölf Uhr Arbeitsbeginn«, gab Hoschi die Info weiter.

»Okay, bis gleich!« Henning drückte den roten Hörer seines Smartphones. »Hast du nicht gesagt, dass Frau Arens schon um zehn Uhr zur Arbeit musste?«

Seine Kollegin schaute ihn verwundert an. »Ja, wieso? Ist sie nicht da?«

»Doch, aber sie musste erst um zwölf Uhr arbeiten.«

»Seltsam. Was hat sie denn in den zwei Stunden gemacht?«

»Das werden wir sie gleich mal fragen.«

Nach fünf Minuten erschien Hoschi in Begleitung einer ganz mies gelaunten Tina Arens. »Was soll das ganze Theater? – Warum haben Sie mich verhaftet?«, blaffte sie gleich los.

»Sie wurden nicht verhaftet, Frau Arens, sondern ich habe Sie lediglich für ein ausführliches Gespräch auf die Wache bitten lassen«, erwiderte Henning mit ruhiger und sachlicher Stimme. »Hoschi, begleite die Dame bitte in den Verhörraum.«

Das Smartphone von Tina Arens klingelte. »Darf ich rangehen?«

Henning gab ihr durch eine Geste zu verstehen, dass sie es durfte.

»Was ist denn, Ludger? – Was? Wer?«, rief sie aufgebracht in den Hörer und raunzte in der nächsten Sekunde Kommissar Petersen an. »Sie haben einen Durchsuchungsbefehl für meinen Laptop? Was soll das?« Sie beendete einfach das Gespräch mit ihrem Mann. »Ich will sofort einen Anwalt haben!«

»Bevor Sie einen Anwalt hinzuziehen, müssen Sie uns einfach nur zuhören, Frau Arens«, entgegnete Fenna Hansen.

Hoschi führte die Verdächtige in den Verhörraum.

Fenna sah ihren Kollegen überrascht an. »Wir haben einen Durchsuchungsbefehl für ihren Laptop bekommen?«

Diesmal lächelte Henning stolz. »Ja, unser Praktikant holt das Gerät gerade ab und leitet es umgehend an das Landeskriminalamt weiter. Ich hoffe, dass Sunil fündig wird.«

»Das hoffe ich auch. So, dann wollen wir der lieben Dame mal auf den Zahn fühlen.«

Die beiden Beamten betraten das Verhörzimmer. Tina Arens saß kerzengerade und stur an dem kleinen Tisch und blickte noch nicht einmal auf, als die Beamten sich ihr gegenüber hinsetzten.

»Frau Arens, Sie haben mir heute Morgen erzählt, dass Sie um zehn Uhr arbeiten müssen. Aber Ihre Schicht begann erst um zwölf Uhr. Wo waren Sie die zwei Stunden davor?«

»Das geht Sie gar nichts an!«, zickte sie.

»Wir wissen, dass Sie ein Verhältnis mit Otto Kretschmer hatten. Wann und wie hat es zwischen Ihnen angefangen?«, fragte die Kommissarin.

Tina Arens zog einen Flunsch und hüllte sich in Schweigen.

Fenna ließ sich dadurch nicht aus der Ruhe bringen und sprach weiter: »Wir haben in der Wohnung von Herrn Kretschmer persönliche Dinge gefunden, die einer Frau gehören. Unter anderem das Parfüm *Sundance*, dass wirklich einen sehr speziellen Duft hat und jedem in Erinnerung bleibt, beziehungsweise in der Nase. Es waren noch blonde Haare in der Bürste – das Labor wird anhand der DNA feststellen, dass es Ihre sind. Eine Nachbarin von Herrn Kretschmer konnte bestätigen, dass Sie oft bei Otto waren und Sie arbeiten in dem Feinkostgeschäft, von dem der Champagner stammt.«

Jetzt blickte Tina auf und erwiderte in einem vorlauten Ton: »Den kann sonst wer für Otto gekauft haben!«

»In diesem Fall hat Silvia Höfner die Champagnerflasche gekauft und mit einer Überdosis Insulin versehen. Die Obduktion hat ergeben, dass Otto daraufhin einen hypoglykämischen Schock erlitten hat.« Dass er dann noch von Silvia erstickt wurde, erwähnte die Kommissarin vorerst nicht.

»Na, dann haben Sie ja die Mörderin von Otto. Was soll ich denn noch hier?«

»Das Interessante ist, dass die Obduktion weiter festgestellt hat, dass sich Reste von vergifteten Pralinen im Magen-Darmtrakt befanden. Und wir haben eine Pralinenschachtel bei Otto gefunden, in der vier Pralinen fehlten. Weitere Untersuchungen ergaben, dass sich in den restlichen dasselbe Gift befand.« Die Kommissarin legte extra eine Pause ein und fixierte sie mit einem festen Blick.

»Und? Pralinen gibt es in Hülle und Fülle!«

»Es sind aber welche aus dem *Goldenen Seestern*, die alle Angestellten zu Ostern von der Inhaberin geschenkt bekommen haben. Und wir werden ganz bestimmt Ihre Fingerabdrücke auf der Verpackung vorfinden, wie auch in der ganzen Wohnung von Otto, nicht wahr?«

Tina Arens nahm einen tiefen Atemzug. »Ich möchte mit einem Anwalt sprechen!«

Fenna stand auf und spazierte mit verschränkten Armen im Raum umher. Sie ging auf den Wunsch der Verdächtigen nicht ein. »Ich war heute in dem Schmuckgeschäft *Wahre Schätze*, Sie haben dort Verlobungsringe für sich und Otto bestellt und die Bestellung vor zwei Wochen widerrufen. Warum wollten Sie sich denn nicht mehr mit ihm verloben? Sind Sie dahintergekommen, dass er bereits seit einigen Wochen neben ihrer Beziehung, noch eine weitere mit Silvia Höfner geführt hat?«

Die Verdächtige presste die Lippen zusammen und sagte nichts.

Die Kommissarin stützte sich mit den Händen auf den Tisch und beugte sich Tina Arens gefährlich nah entgegen. »Und was ist mit Lena Hansen passiert?«

»Kenne ich nicht«, zischte sie biestig.

»Was haben Sie mit Lena Hansen angestellt!«, schrie Fenna außer sich vor Wut und Sorge.

Tina Arens, nicht bange, schrie zurück: »Ich will verdammt noch mal einen Anwalt!«

Henning stand auf und signalisierte seiner Partnerin durch einen Blick, dass sie sich beruhigen sollte. »Sie bleiben vorerst hier, Frau Arens. Ein Kollege wird Sie gleich zu einem Telefon begleiten, dann können Sie einen Anwalt anrufen.«

Fenna war inzwischen aus dem Raum gestürmt und in die Küche geeilt. Sie öffnete den Kühlschrank und griff nach einer Flasche Wasser. Sie verzichtete auf ein Glas und setzte die Flasche an. Die kalte Flüssigkeit tat gut, um wieder runterzukommen. Sie wischte sich über den Munnd.

Henning lehnte sich gegen den Türrahmen. »Was sollte das Fen?«

Sie sah ihn böse an, aber der Blick galt nicht ihm persönlich, sondern richtete sich gegen die Verdächtige. »Was das soll? Die alte Zicke soll endlich den Mord zugeben und sagen, was sie mit meiner Mutter gemacht hat!«

»Warum nimmst du an, dass sie was mit dem Verschwinden von deiner Mutter zu tun hat?«, meinte er ruhig.

Die Kommissarin fuhr sich gereizt über ihr Haar. »Weil das Rad meiner Mutter vor dem Laden stand … Vielleicht ist meine Mutter in das Geschäft und hat Miss Marple gespielt.« Sie blickte ihn unglücklich an. »Ach, ich weiß es doch auch nicht, aber mein Gefühl sagt mir, dass Tina Arens damit zu tun hat!«

Henning schaute sie mitfühlend an und sagte in einem besänftigenden Ton: »Wir müssen nur noch auf die Laborberichte warten und hoffen, dass das Waschmittel Sunil den Turbogang einlegt. Den Laptop muss er seit einer Stunde haben.«

Plötzlich schimmerten Tränen in Fennas Augen und sie wischte sie schnell mit dem Handrücken fort. »Hoffentlich lebt meine Mutter noch. Sie ist seit über zehn Stunden wie vom Erdboden verschwunden.«

Und weitere zwei Stunden lang starrte Fenna auf das Telefon, in der Hoffnung, Sunil würde sich melden. Sie betete zu Gott und flehte ihn an, dass es ihrer Mutter gut ging. Noch immer hatte sie die Familie nicht über das Verschwinden informiert. Sie hatte Angst davor, es ihrem Vater mitzuteilen. Angst davor, nicht die passenden Worte für diese schreckliche Situation zu finden.

Das Telefon riss die Kommissarin aus ihrer dunklen Gedankenwelt und sie hob den Hörer vom Apparat. »Fenna Hans… ah Sunil! Leg los – was hast du für uns?«

Sie lauschte seinen Worten, während Henning und Hoschi an ihren Lippen hingen. »Du bist klasse, Sunil – tausend Dank für deine schnelle Arbeit! Ja, schicke uns bitte sofort den Bericht und die Mails zu. Danke!« Sie hauchte einen Kuss durch die Leitung und blickte erleichtert zu ihren Kollegen auf. »Arens steckt in der Falle! Jetzt kann sie sich nicht mehr herauswinden.«

Wenige Minuten später lag den Kommissaren die angekündigten Mails vor und der kurze Bericht von Sunil. Henning überflog die Texte. »Oha! Okay, der Anwalt ist in einer Stunde hier.«

Fenna dachte nicht im Traum daran, eine weitere Stunde zu verschwenden, und eilte zum Verhörraum. Henning stürmte ihr hinterher und hielt sie am Arm zurück, worauf sie ihn wütend ansah. »Fen, bau jetzt keinen Mist! Ich kann nicht immer deinen Kopf aus der Schlinge ziehen!«

Sie entriss sich seinem Griff und zischte: »Dann lass es doch. Es geht um meine Mutter!«

Die Kommissarin öffnete die Tür und trat ein. Henning folgte ihr, warf seiner Kollegen einen warnenden Blick und stellte sich an die Wand.

In der Zwischenzeit wurde Tina Arens ein Kaffee und ein Sandwich gereicht.

»Ich hoffe, es hat Ihnen geschmeckt Frau Arens?« Die Stimme von Fenna triefte vor Ironie. »Im Gefängnis bekommen Sie nicht mehr so feudales Essen.»

Die Verdächtige tupfte sich mit einer Papierserviette den Mund ab. »Wer sagt denn, dass ich ins Gefängnis gehe? Sie haben bereits die Mörderin von Otto. Mein Anwalt hat mir am Telefon gesagt, dass nicht zwei Täter wegen derselben Tat bestraft werden können.«

Fenna lachte hart und abgehackt. »Was für einen miesen Anwalt haben Sie denn kontaktiert? Natürlich können Sie beide dafür hinter Gitter gehen. Besonders, weil nachgewiesen wurde, dass Sie Otto als Erste mit den Pralinen vergiftet haben. *Aqua Tofana*? Schon mal gehört? Das Gift wurde im 17. Jahrhundert von einer Italienerin kreiert. Es ist ein langsames Gift, kaum nachweisbar. Leider kam Ihnen Silvia Höfner dazwischen und hat Otto erstickt, somit hat sie eine frühzeitige Obduktion heraufbeschworen. Ansonsten hätte man das Gift nie nachweisen können und Sie wären schön aus dem Schneider gewesen.« Fenna nahm einen tiefen Atemzug und machte mit ihrer Theorie weiter: »Soll ich Ihnen sagen, wie das alles abgelaufen ist?«

»Ich bin ganz Ohr.« Es zuckte um ihre Mundwinkel.

21. Kapitel

Die Kommissarin sah ein böses Funkeln in den Augen von Tina. »Sie haben vor drei Wochen die Verlobungsringe bestellt und vor zwei Wochen erfahren, dass Otto neben Ihnen noch eine andere Frau am Start hatte. Das hat Sie sehr verletzt, denn Sie wollten mit Otto ein neues Leben beginnen, und da haben Sie sich im Darknet das Gift *Aqua Tofana* bestellt. Wir haben eindeutige E-Mails und Kontakte auf Ihrem Laptop gefunden, die Sie mit einem Verkäufer Namens *Black Death Rose* in Verbindung bringen. Hinzu kommt, dass Sie vor zwei Wochen zweitausend Euro von Ihrem Konto abgehoben haben. Sicherlich haben Sie damit den Verkäufer bezahlt, der irgendwo auf dem Festland sitzt.»

Die Mimik und Haltung von Frau Arens begannen sich zu verändern, als sie die Worte der Kommissarin hörte. Als sie zur Kaffeetasse griff, zitterte ihre Hand und sie stellte sie schnell zurück.

Es klopfte und Hoschi reichte ohne Worte Henning ein Blatt Papier und schloss umgehend die Tür. Der Kommissar las den Text und nickte seiner Kollegin zu, dass er mit der Verdächtigen sprechen wollte.

Fenna nahm seinen Platz an der Wand ein und malträtierte Tina mit bösen Blicken.

Henning Petersen setzte sich. »Wir haben gerade die Laborberichte erhalten. In der ganzen Wohnung von Otto Kretschmer waren ihre Fingerabdrücke, auf der Pralinenschachtel ebenfalls. Die Haare, die in der Bürste vorhanden sind, sind Ihre. – Wie wäre es denn, wenn Sie uns endlich erzählen, was passiert ist Frau Arens?«

»Ich warte auf meinen Anwalt.« Ihre Stimme klang leise und sie schluckte schwer.

»Der kann Ihnen, ehrlich gesagt, nicht mehr wirklich helfen. Die Beweislast ist so erdrückend, Frau Arens – das Einzige, was Ihnen jetzt noch helfen kann, ist: Sagen Sie uns, was passiert ist, dann bekommen Sie eventuell eine Strafminderung.«

Fenna konnte regelrecht erkennen, dass es im Hirn der Verdächtigen zu rattern begann. Tina Arens wirkte nicht mehr so tough und aufmüpfig wie am Anfang. Sie spielte verloren mit ihren Händen und begann zu schwitzen. Feine Schweißperlen bildeten sich auf ihrer Stirn und am Hals. Und dann, wie aus dem Nichts, richtete sie sich auf und räusperte sich. »Ich habe Otto vor vier Jahren kennengelernt, genau wie Ludger – aber da war noch nichts zwischen mir und Otto. Ich hatte mich in Ludger verliebt. Da meine Ehe bereits gescheitert war, verließ ich meinen damaligen Mann und bin nach einem Jahr zu Ludger nach Norderney gezogen. Ich war frisch geschieden und wir heirateten auf der Insel.» Sie hob den Blick und Tränen schimmerten in ihren Augen. »Ich weiß auch nicht, wie das passieren konnte, aber vor sechs Monaten wurde mir bewusst, dass ich mich in Otto verliebt habe. Da Ludger die ganze Woche über auf dem Festland unterwegs ist, habe ich mich öfter mit Otto getroffen. Zuerst waren es irgendwie zufällige Begegnungen, die sich immer mehr häuften, und wir uns eines Abends, nach einer Kneipentour, im Bett wiederfanden. Es war nichts Festes, jedenfalls redeten wir uns das ein. Aber vor einigen Wochen wurde mir bewusst, dass ich unsterblich in Otto verliebt war – ich war sogar schon bei einem Anwalt und habe mich über eine Scheidung informiert.«

»Und wie hat Herr Kretschmer ihre Beziehung gesehen? Sie wussten doch, dass er ein Schwerenöter war und jedem Rockzipfel hinterher schaute«, konfrontierte der Kommissar sie mit der Wahrheit.

Sie wischte sich die Tränen fort und ein zaghaftes Lächeln huschte durch ihr Gesicht. »Er sagte, ich wäre die Liebe seines Lebens. So hätte er noch nie für eine Frau empfunden, wie für mich. Ich schwebte im siebten Himmel und war so euphorisch, dass ich die Verlobungsringe bestellte. Ich wollte ihm einen Antrag machen, ihn damit überraschen. Doch dann …« Sie verstummte und das verliebte Strahlen verschwand schlagartig aus ihrem Gesicht. Sie ballte die rechte Hand zur Faust und erneut liefen Tränen über ihre Wangen.

Fenna seufzte und sagte: »Dann haben Sie herausgefunden, dass Sie nicht die einzige Frau in seinem Leben sind.«

Tina Arens schniefte und nickte. »Ich habe es vor zwei Wochen durch Zufall erfahren, weil ich sein Smartphone in der Hand hatte, als er unter der Dusche stand. *Zuckerschnute* hat ihm geschrieben, dass sie ihn über alles liebt und ihn sehr gerne heiraten möchte. Für mich ist eine Welt zusammengebrochen, aber ich habe es mir nicht anmerken lassen. Einen Tag später rückte er damit raus, dass er eine eigene Bühnenshow in Hamburg bekommen würde, und gab mir durch die Blume zu verstehen, dass ich ihm lästig geworden war. Er sah auf einmal keinen Sinn mehr in unserer Beziehung.«

»Waren Sie die Tage noch einmal in seiner Wohnung?«, wollte Fenna Hansen von ihr erfahren.

»Ja, ich hatte noch seinen Zweitschlüssel. Ich habe die Pralinenschachtel gesucht, aber plötzlich hörte ich Stimmen vor der Tür und sah einen Polizisten auf das Haus zukommen. Da bin ich schnell durch die Terrassentür geflüchtet«, gab sie Antwort. Somit hatte sich die Angelegenheit mit dem aufgebrochenen Siegel und den offenen Schranktüren im Wohnzimmer auch geklärt.

»Wie sind Sie auf die Idee gekommen, ihn langsam zu vergiften?«, fragte der Kommissar.

»Ich habe einen Film gesehen, in dem eine Frau mit diesem *Aqua Tofana* ihren brutalen Ehemann umgebracht hat. Ich habe sofort im Internet recherchiert und habe einen Bekannten von mir über das Darknet befragt, ich sagte, ich bräuchte das Wissen, da ich meinen ersten Krimi schreiben möchte. Er glaubte mir und gab mir einige Tipps. Ich bin dort auf einen gewissen *Black Death Rose* gestoßen und habe ihn kontaktiert. Ich habe mich mit ihm in Norddeich getroffen und sollte zweitausend Euro in bar mitbringen. Die Übergabe dauerte noch nicht mal zwei Minuten und der Kerl verschwand so schnell, wie er aufgetaucht war. Und ich besaß eine Ampulle von *Aqua Tofana*. Es lag noch eine Art Beipackzettel dabei, wie das Gift dosiert werden konnte. Entweder ließ man die Person langsam sterben oder man nahm mehrere Tropfen und es ging schneller. Ich habe das Gift auf alle Pralinen aufgeteilt und morgens, am Tag der Premiere, war ich bei ihm, habe sie ihn überreicht und er hat gleich vier davon gegessen. Er liebte so kostspielige Naschereien, genau wie den Champagner. Bevor ich gegangen bin, habe ich Schluss mit ihm gemacht – es hat ihm nichts ausgemacht, im Gegenteil, er sagte, es wäre die beste Entscheidung und ich sollte schön bei Ludger bleiben.«

Die Kommissarin wollte von ihr wissen: »Haben Sie ihn denn nicht mehr auf die andere Frau angesprochen?«

Tina Arens schüttelte den Kopf und weinte. »Ich wollte nur noch, dass er endlich aufhört, sämtlichen Frauen das Herz zu brechen! Er hat immer nur mit uns Frauen gespielt.« Sie griff nach der Papierserviette und schnäuzte sich.

»Es wird Sie nicht viel trösten Frau Arens, aber Silvia Höfner hat er ebenfalls einen Tag vor der Premiere den Laufpass erteilt. Deshalb hat sie ihn umgebracht. Aus genau denselben Motiven wie Sie«, sagte der Kommissar.

»Und wo ist Lena Hansen?« Die Frage brannte Fenna die ganze Zeit über auf der Seele, doch sie musste erst den Verlauf des Gesprächs abwarten.

»Gestern kam kurz vor Feierabend eine Frau in den *Goldenen Seestern*. Sie suchte ein Geschenk für einen Mann und plötzlich fing sie an, über mein Parfüm zu reden, und ob ich Otto Kretschmer gekannt habe. Ich sagte, sie solle sofort den Laden verlassen, doch sie blieb hartnäckig und sprach auf einmal davon, dass ich eine Mörderin sei. – Da habe ich sie mit einer Flasche niedergeschlagen. In meinen Wagen gezerrt und weggebracht.«

Fenna gab einen spitzen Schrei von sich. »Oh, mein Gott! Wo ist sie?«

»Sie ist in einem Kellerraum, den mein Mann als Lagerfläche für Computer benutzt. Ihr geht es gut«, verriet sie endlich den Aufenthaltsort.

»Die Adresse!«, rief Fenna entsetzt.

»Am Kap 45. Die Schlüssel für den Keller sind in meiner Tasche, an einem Muschelanhänger. Es ist Raum 4.«

»Wie lange wollten Sie denn Frau Hansen dort gefangen halten?«, fragte Fenna aufgebracht.

Tina Arens zuckte mit den Schultern. »Nur ein paar Tage, bis ich meine Flucht fertig geplant hätte. Ich war mehrmals am Tag bei ihr, damit sie essen und trinken konnte. Ich hätte der Polizei einen anonymen Tipp gegeben und wäre verschwunden. Aber das hat sich hiermit erledigt.«

Der Kommissar nickte. »Davon können Sie ausgehen, Frau Arens.«

Fenna stürmte regelrecht aus dem Raum, durchsuchte die Handtasche, die im Aufbewahrungsschrank lag, fand den Muschelschlüssel und rief Hoschi zu sich: »Komm, ich weiß, wo meine Mutter ist!«

Das ließ ihr Kollege sich nicht zweimal sagen und eilte ihr nach. »Ich fahre.«

Und wie Hoschi fuhr! Er stellte das Martinshorn an und rauschte durch die Straßen von Norderney. Zum Glück war die Adresse nicht weit von der Polizeistation entfernt und somit erreichten sie dank seines flotten Fahrstils nach wenigen Minuten das Haus.

Beide stürmten den gepflasterten Weg entlang und hatten Glück, die Haupttür des weißen Mehrfamilienhauses stand offen. Im vorderen Bereich war der Eingang zu den Kellerräumen.

Fennas Herz schlug so laut in ihren Ohren, dass sie glaubte, sie würde einen Tinnitus erleiden. Sie drückte den Lichtschalter, rannte die grauen Betonstufen nach unten und blieb für einen kurzen Moment stehen. Das Licht flackerte und sie hielt Ausschau nach der Nummer Vier. Hoschi war direkt hinter ihr und zeigte in Richtung: »Da! Links!«

Er hatte es gerade ausgesprochen, als auch sie die weiße Zahl auf der Metalltür entdeckte. Den Schlüssel in der Hand, steckte sie ihn ins Schloss, drehte um und riss die Tür auf. »Mama! Gott sei Dank!«, rief Fenna erleichtert und eilte zu ihrer Mutter, die auf einem Gartenstuhl ohne Polster saß. Sie war an den Stuhl gefesselt und hatte Klebeband über ihren Mund. »Ich ziehe das jetzt ab, okay?«

Lena Hansen nickte und brabbelte was vor sich hin.

Fenna wählte die Hauruck-Methode, worauf ihre Mutter schmerzhaft das Gesicht verzog. »Ah, tut mir leid, Mama! – Wie geht es dir?«

Lena Hansen holte mehrmals tief Luft und strahlte ihre Tochter überglücklich an. »Fen! Mir geht es gut, also so gut, wie es einer entführten Frau im mittleren Alter gehen kann. Wie hast du mich gefunden?«

Fenna schnitt die Fesseln ab. »Frau Arens hat alles gestanden und deinen Aufenthaltsort genannt. – Hoschi und ich sind gleich hierher.« Sie fiel ihrer Mutter um den Hals und weinte vor Freude und Erleichterung. »Ich bin so froh, dass dir nichts passiert ist. Ich habe mir solche Sorgen um dich gemacht.«

Hoschi räusperte sich. »Wir haben uns alle die größten Sorgen um dich gemacht.«

Lena Hansen stand vorsichtig auf und ging mit wackeligen Beinen auf den Polizisten zu. »Vielen Dank!« In der nächsten Sekunde umarmte sie ihn einfach.

»Komm, wir bringen dich an die frische Luft. Möchtest du was trinken? Hast du Hunger?«, überhäufte Fen sie mit Fragen.

Ihre Mutter machte eine Grimasse. »Ich muss ganz dringend für kleine Mädchen.«

*

Auf der Polizeistation angekommen, standen bereits Henning, Theo und Bruni Wiemer zur Begrüßung Spalier. Jedem war die Erleichterung regelrecht ins Gesicht geschrieben. Lena Hansen hob die Hand, eilte grinsend an den Leuten vorbei und suchte zuerst die Toilette auf.

Fenna blieb vor der kleinen Gruppe stehen und lächelte verlegen. »Sie muss ganz dringend für kleine Mädchen.«

Es herrschte sekundenlang eine betretende Stille, die Bruni zum Glück unterbrach. »Watt mutt, datt mutt! Lassen wir deine Mutter erst mal wieder auf die Beine kommen.« Bruni legte einen Arm um die Polizistin und drückte sie an sich. »Ich bin so froh, dass es deiner Mutter gut geht! Komm, ich habe leckeres Essen mitgebracht – sie muss ausgehungert sein!«

Fenna schmiegte sich an Bruni und in diesem Moment wurde ihr bewusst, was für ein Glück sie mit ihren neuen Kollegen und Kolleginnen hatte. Jeder von ihnen hatte sich die größten Sorgen um ihre Mutter gemacht, hatte geholfen, wo er nur konnte. Und jetzt, da Lena Hansen gesund und munter gefunden wurde, freuten sich alle und zeigten dies auch.

Bruni hatte sich wieder einmal selbst übertroffen.

»Wann hast du das denn alles gekocht?«, rief Fenna, als sie in der Küche ein kleines Buffet entdeckte. Es gab Käsehappen mit Weintrauben, Sandwiches, kleine Hähnchenschenkel, kleine Frikadellen, Mini-Pizzen, Kartoffelsalat – und natürlich einen Kuchen. Kirsch-Streusel vom Blech, daneben ein großer Pott mit frischer Schlagsahne.

Bruni beugte sich Fenna entgegen und flüsterte: »Nicht verraten, aber ich habe nur den Kuchen gebacken, den Rest hat ein Catering-Service übernommen.«

Die Polizistin fuhr sich mit dem Finger über die Lippen und signalisierte damit, dass sie schweigen werde, wie ein Grab.

Was man von ihrer lebhaften Mutter nicht behaupten konnte. Sie erschien in der Küche und schlug die Hände über den Kopf zusammen. »Bruni! Das sieht ja lecker aus! Alles nur wegen mir?«

Hoschi stellte sich zu den Damen und rieb sich freudig die Hände. »Also, ich habe Hunger!«

Lena Hansen blickte ihre Tochter ernst an. »Darf ich zuerst mit dir reden?«

»Natürlich. Ich muss eh deine Aussage aufnehmen, – also, wenn es dir jetzt recht ist?«

Sie schenkte ihrer Tochter ein sanftes Lächeln. »Sehr gern! – Und fangt schon mal an zu essen!«, sagte sie zu Hoschi, der bereits einen Teller in der Hand hielt.

Fenna führte ihre Mutter zu ihrem Schreibtisch und Henning gesellte sich zu ihnen. »Ist das für dich in Ordnung, wenn ich dabei bin?«, fragte er Lena Hansen.

»Sicher, aber natürlich!«, stimmte sie seiner Bitte zu.

»So Mama, nun erzähl, was um Himmels willen ist passiert?«

Lena Hansen holte tief Luft und legte los: »Ich habe mit dem Rad eine ausgiebige und sehr schöne Tour in Richtung Ostende unternommen. Also, *Meine Meierei* ist ja so ein schnuckeliges Café – warst du da schon?« Typisch für ihre Mutter, dass sie vom Thema abkam.

Die Polizistin verneinte die Frage, indem sie den Kopf schüttelte und ihr durch eine Handbewegung zu verstehen gab, dass sie weitererzählen sollte.

»Nun ja, nach der Tour bin ich in die Stadt gefahren und habe mein Rad vor dem Feinkostgeschäft *Goldener Seestern* abgestellt. Ich bin in den Laden und habe nach einem Geschenk für Henning und Hoschi gesucht. Ich wollte den beiden etwas Nettes zum Abschied schenken.« Lena lächelte Henning an und sagte: »Ihr habt euch so liebevoll um mich gekümmert, da war es ein persönliches Anliegen von mir, euch eine Kleinigkeit zu besorgen. Es kam eine Verkäuferin auf mich zu und erkundigte sich, ob sie mir behilflich sein kann. Mir stieg sofort der schreckliche Parfümduft, der von ihr ausging, in meine Nase. Es war genau der Duft, den die angebliche Mörderin trug. Um im Gespräch zu bleiben, sprach ich sie auf den Auftritt der *Flotten Krabben* an, und ob sie auch dort gewesen war, was sie bestätigte. Wir plauderten über die Aufführung und wie schrecklich es doch ist, dass der Hauptdarsteller am selben Abend sterben musste. Und ob sie ihn persönlich kannte.«

Der Kommissar gab einen anerkennenden Pfiff ab. »Sehr klug ausgehorcht, Lena!«

Fenna hingegen strafte ihn mit einem bösen Blick, worauf er unschuldig mit den Schultern zuckte. »Erzähl weiter!«, drängte sie.

»Also, das Ungeduldige hat sie eindeutig von ihrer Oma Trude, väterlicherseits«, stellte Lena das gleich klar und redete weiter. »Ich bin dann wieder raus, ohne etwas zu kaufen. Die Preise sind echt deftig! Ich habe mir ein Eis geholt, mich auf eine Bank gesetzt und gewartet, bis es kurz vor achtzehn Uhr war. Dann bin ich noch einmal in den Laden gegangen und war mit der Verkäuferin ganz allein.«

»Frau Arens hat uns erzählt, dass du sie direkt darauf angesprochen hast, ob sie Otto vergiftet hat. Stimmt das?« Fenna schaute ihre Mutter neugierig an.

»Du hast mir gesagt, dass ihr in der Polizeischule lernt, den Täter oder in diesem Fall die Täterin direkt auf das Vergehen ansprechen sollt! Nun ja, und das habe ich getan!«, verteidigte sie ihr Handeln.

Fenna schüttelte fassungslos den Kopf und seufzte schwer. »Mama, du bist aber keine ausgebildete Polizistin und hast dich mit diesem Verhalten in Lebensgefahr gebracht.«

»Das weiß ich jetzt auch, denn im nächsten Moment haute sie mir eine Flasche über den Schädel. Ich habe tatsächlich Sterne gesehen, bevor es dunkel wurde.« Sie fasste sich an die Stelle und verzog schmerzhaft das Gesicht. »Voll die Beule! Habt ihr vielleicht einen Eisbeutel?«

Ihr Kollege sprang auf. »Ich hole dir einen.«

»Du weißt, glaube ich, gar nicht, wie viel Schwein du gehabt hast, dass Frau Arens dich nicht umgebracht hat!« Fenna ergriff liebevoll die Hand ihrer Mutter.

»Doch, dass weiß ich, mein Schatz! Ich habe gebetet und es hat mir geholfen. Natürlich hatte ich auch Angst … aber jetzt weiß ich deinen Beruf endlich zu schätzen. Traurig, dass mir erst so etwas Schlimmes widerfahren muss, bis mir die Erkenntnis kommt.«

Fenna sah ihre Mutter erstaunt an. Sie war von Anfang an nicht damit einverstanden gewesen, dass ihre einzige Tochter den Beruf der Polizistin gewählt hatte. »Was hat deine Meinung geändert?«

»Dass du Menschen rettest, dass du Mörder überführst, damit die Familien der jeweiligen Opfer wenigstens etwas ruhiger schlafen können, und du stehst Betroffenen bei, spendest ihnen Trost und vermittelst Hoffnung. Du versuchst, die Welt mit deinem Einsatz, deinem Herzen und deiner liebevollen Seele etwas besser zu machen. Papa hat schon recht, in gewisser Weise bist du auch eine Pastorin geworden.« Die rührenden Worte ihrer Mutter brachten Fenna augenblicklich zum Weinen, worauf Lena sie in ihre Arme nahm und sanft wiegte. »Ich hab dich ganz doll lieb, mein Schatz.«

»Ich dich auch, Mama.« Fenna löste sich von ihr, wischte mit dem Handrücken die Tränen fort und holte ein Taschentuch aus ihrer Hosentasche.

Henning kam wieder und reichte den Eisbeutel an Lena weiter. Er stutzte, da seine Kollegin sich die Nase schnäuzte und verweinte Augen hatte. »Ist bei euch beiden alles okay?«, erkundigte er sich besorgt.

»Ja, alles in bester Ordnung!«, bestätigte Lena und drückte sich den Eisbeutel auf die Beule am Hinterkopf. »Die hat verdammt fest zugeschlagen, aber einem Dickschädel wie ich ihn habe, dem kann so schnell nichts passieren.«

»Frau Arens wird von unseren Kollegen aus Norden abgeholt und noch heute dem Haftrichter vorgestellt«, gab Henning die Info an die beiden weiter. »Silvia Höfner ist ja bereits dort angekommen.«

Lena fiel plötzlich etwas ein und griff in die Tasche ihres dunkelblauen Blazers. Sie hielt ihrer Tochter ein Stück Papier entgegen, in das etwas eingewickelt war. »Hier, für dich. Habe ich zufällig bei meinem Bummel gefunden. Wollte es eigentlich in Geschenkpapier packen, da kam mir aber eine Mörderin dazwischen«, scherzte sie.

Fenna nahm es dankend an und wickelte das Papier ab. »Oh Mama, das ist ja super!« Es war ein neuer Kühlschrankmagnet, der eine Polizistin mit braunen, schulterlangen Haaren darstellte. Auf deren ausgestrecktem Arm saß eine Möwe und unter der Figur stand in schnörkeliger Schrift: *Inselpolizistin*. »Die ist ja supersüß! Wo hast du die denn gefunden?«

»Ich glaube, wir machen morgen, an meinem letzten Tag, noch eine gemeinsame Shoppingtour, damit du endlich dein neues Zuhause kennenlernst, oder?«, schlug Lena ihrer Tochter mit einem Augenzwinkern vor.

Fenna umarmte ihre Mutter. »Abgemacht!«

Im nächsten Moment traten Frau und Herr Schäfer, die Inhaber vom *Goldenen Seestern* in die Polizeiwache. Frau Schäfer hielt einen Präsentkorb in der Hand und ihr Mann einen schweren Karton.

»Moin, zusammen!«, begrüßte Frau Schäfer die Beamten. »Wir wollten uns bei Frau Lena Hansen für die Unannehmlichkeiten entschuldigen, die sie durch Frau Arens erleiden musste.«

Herr Schäfer fügte mit einem Lächeln hinzu: »Und uns für Ihren polizeilichen Einsatz bedanken! – Champagner für alle!«

Henning, Bruni, Hoschi, Fenna, Lena Hansen und der Hauptkommissar standen zusammen vor den Inhabern und starrten diese verunsichert an, als sie das Wort Champagner von ihm hörten.

Hoschi haute ohne Umschweife das raus, was alle dachten: »Der ist aber nicht vergiftet, oder?«

Es herrschte kurze Stille, die durch das Losprusten von Bruni unterbrochen wurde, und alle Anwesenden in das herzhafte Lachen mit einstiegen.

Ende

Ostfrieslandkrimi-Empfehlungen des Klarant Verlages

In der Reihe **»Die Inselpolizisten«** von **Freya Joken** sind bereits erschienen:

»Norderney Mord«, Band 1
Taschenbuch-ISBN: 978-3-96586-955-4
eBook-ISBN: 978-3-96586-956-1

Klappentext »Norderney Mord«
»Wer schön sein will, muss sterben!« Die neue Norderneyer Kommissarin Fenna Hansen ist gerade mal ein paar Tage im Dienst, da muss sie mit ihrem Kollegen, Kommissar Henning Petersen, schon den ersten Mord aufklären. Eine junge Frau in einem Schneewittchen-Kostüm liegt tot auf der Bürgermeisterwiese, erschlagen mit einem Stein! Schnell stellt sich heraus, dass es sich bei der Toten um die Einheimische Paula Friese handelt, die gerade an der Wahl zur Miss Norderney teilnahm. Paula war bei den anderen Kandidatinnen nicht sehr beliebt, weil sie immer wieder behauptete, dass nur sie eine echte Insulanerin und damit die wahre Miss Norderney sei. Hat eine wütende Konkurrentin Paula einen Tag vor dem Ende der Misswahl aus dem Weg geräumt? Oder stehen illegale Diätpillen im Zusammenhang mit der Mordtat? Die Inselpolizisten nehmen mehrere Verdächtige ins Visier, doch dann gibt der Obduktionsbericht dem Fall eine ganz brisante Wendung …

»Norderney Gift«, Band 2
Taschenbuch-ISBN: 978-3-96586-999-8
eBook-ISBN: 978-3-68975-000-8